随筆集

麗子の肩[illegible]

楡木佳子

随筆集　麗子の肩かけ　目次

重いスーツケース

麗子の肩かけ

孫息子のキャベツ

めおとぜんざい

重いスーツケース

愛しのルンバ

彼とは、なかなか気持ちが通じない。

決してわたしの思うようには動いてくれないのだ。

夜も更けて「もう寝なくては」とベッドに入った途端に動き出すのはどういうことと？　ピッポッピッピッピッポーと雄叫びをあげて「さあ、やるぞーっ」と言わんばかりの意思表示をされると、「お願いだからやめてくれー」と言いたくなる。

まだ眠りに就いていないときであれば渋々ベッドを出て、彼を制止することもできるが、寝床もほっこりと温まって正に眠りに落ちようとした瞬間に、彼の雄叫びで引き戻されると泣き出したくもなってくる。昨夜も、彼が寝室のドアに勢いよくぶつかる音でわたしの眠りは打ち砕かれた。

辛抱して彼の仕事が終わるのを待つか、制止するためにベッドを出るか、眠りにしがみつきたい気持ちが大きいので、迷いは深く長い。

彼は子供みたいに狭いところが好きで、テレビ台の下の隙間にもぐりこみ、周囲の品物に囲まれてニッチもサッチもいかずに呻きながら際限なく回っている夜がある。こんなときはいくら待っても彼の仕事は終わらず、朝を迎えることだろう。

本当に困った「お馬鹿な奴」。

長期の留守をして帰宅すると、彼が定位置にいないことに気づいて、わたしは家じゅうを探しまわる。浴室なんかで息絶えた彼を発見して「しょうがないねえ」と呟きながら充電スポットに戻してやる。

一週間以上の電力切れは、「能力を著しく損ないます」と、彼のトリセツには書いてあった。

弟がいる海辺のリゾートマンションで長いこと過ごして、わたしはいま帰宅したところ。だから彼が浴室で何かの拍子にタオルを咥えこみ、動けなくなってどこからも援軍がないまま、ついに「こと切れた」としても、「まだ一週間は経っていない」と思うことにしている。どうせ、最初から彼の気まぐれにはついてゆけないのだから。

わたしは、彼がわが家に来たときの初期設定を間違えたのだろうか？　自分ではそんなはずはないと思っている。

当然、昼間のうちに働いてくれることを期待して、説明書を入念に見ながら取り組んだつもりだが、もしかすると機械に弱いわたしのことだから……

もちろん、昼間に部屋の掃除をしたいと思って、ボタンを押すことはある。止せばよいのに、あらかじめゴミを箒で集めておいて、「ここを掃除してよ」とわたしの意思を押し付けるから、面倒なことになる。

彼には彼のやり方があるのだ。

「ダメ。そっちじゃないの」と片足を突き出して彼の往く手を阻むが、わたしの思いとは反対の方向に動き出す。「こっちじゃないでしょ」とわたしも負けずにもう片方の足を突き出す。結局、お互いに困惑するばかり。

だが、本当はとても「お利口な奴」で一度覚えたことは決して忘れない。階段や上がり框の段差を転げ落ちないようなヴァーチャルな壁の仕組みを持っている。

わたしはいつの間にかヴァーチャル・ウォールの機材をどこかにしまい忘れてし

まったが、賢い彼は一度経験しただけでその記憶がインプットされ、ちゃんと覚えている。二階リヴィングの降り階段の縁まで来ると転げ落ちるなんてことはなく、少し考えてから必ず戻ってくる。

二、三時間の用事を済ませて帰宅すると、家のなかに清潔感があふれていることがある。チリひとつ無いとは正にこのこと。余計な手出しをせずに彼に彼の仕事をさせれば、実は、「できる奴」なのだ。

ロボットは、近い将来、老人介護の一翼を担うことが期待されている。

床を這うだけの掃除ロボットが、わたしを遊ばせて、もう立派な介護士になっている。

見知らぬひとと

東京で勉学に過ごした期間が十年あるとはいえ、基本的にわたしは宇都宮生まれ、宇都宮育ち、宇都宮暮らしで、生粋の宮っ子だ。そのせいかここでの暮らしは日常的に肩の力が抜けている。

雪模様の日に昼間からスーパー銭湯に行った。

アロマの日替わり風呂や源泉かけ流しの壺湯をたっぷり楽しんだあと、更衣室の暖簾をくぐって、化粧室の前を通りかかった。そこには、化粧水や綿棒、さまざまな美顔器なども用意されて、お洒落に関心のある女性には貴重な空間。

若い女性が一人だけ大きな鏡に向かって長い髪をドライヤーで整えていた。通りすぎようとしたら、その女性に声をかけられた。

「あのー、すみませんが、ヘア・フォーム要りませんか?」

「はい?」

「わたし髪型変わったんで、これ、要らなくなっちゃったんです」

見れば、その人の手に、泡で髪のウェーブをくっきりとさせるヘア・フォームが載っている。ショートヘアのわたしが、ときどき思い出したように使っているものと同じ銘柄だが先日買ったばかり。「要りません」と言ってしまえば簡単なのだが、見知らぬひととはいえ、それでは気持ちが凹むだろう。笑いかけてくる人懐こい眼差しに、言うべき言葉が霧のように消えた。「ああ、はい……」と口ごもっていたら、

「見ず知らずの人に貰うのは嫌ですよね？」

「いえ、そういう訳じゃあ……〈図星だけどまいったなあ〉」

「なら、どうぞ！」と、無邪気な笑顔がさらに手を突き出してくる。

「いつもわたしが使ってるのと同じだから、頂きましょうか」

その人の強い意志に負けて貰うことになってしまった。あまり嬉しい気はしなかったが〈どうせなら〉と笑顔をつくって受け取った。

だが、その容器には、ある筈のキャップが付いてない。〈無くても使用には困ら

ないけれど……〉

その人は嬉しくなってしまった様子で、

「あ、ちょっと待っててくださいね」と、暖簾を潜って脱衣所に戻りロッカーのなかから、同じ物をさらにもう一本取り出してきた。差し出す表情になんの屈託もないが、やっぱり、キャップは付いていない。

〈お嬢さん、キャ、キャップはどうしたの?〉と訊きたいわたしだが、彼女の顔を見れば、キャップのことなど少しも気にかけていないことがわかる。店で買ったときには半透明のキャップが泡の吹き出し口を覆っていたことなど、とうの昔に忘れてしまった平穏な笑顔だ。

だから声に出してわたしが言えるのはやっぱり「有難う」の一言だけだろう。

「二本ともあげますから、すこし得した気分になって帰ってくださいね」

どこまでも柔らかな笑顔が満足そうに言った。

東京で働きはじめた孫に、彼の好物のハムや緑茶などいろいろ詰めて送るために、家から二キロ離れた宅配便の配送センターまで歩いて行った。

カウンターで送付用紙に宛先の住所を書き込んだあと、受付の中年女性が、大きさやら配達希望時間やら必要な事務作業をしているのを、ぼんやり眺めていた。

とても綺麗な人だった。

造作がどうというのではなく、頬のあたりにハリとツヤがあって、地味な制服の上の顔全体が薄桃色に輝いていた。こんなにきれいな肌を持つ人には、若い人でも滅多にお目にかかれない。袖すり合うにしても、こんなとき黙っていられないのがわたし。

「お肌が綺麗ですね」

「え？　特になんにもしてないんですけどね」

「そう。生まれながらの美肌ということですね。幸せなこと！」

「あら。……奥さまの紫色の髪もよくお似合いですよ」

「まあ、そんなこと言っていただけるとは思わなかった」

白髪を紫に染めるなど、自分では「不良婆さん」だと思っているので、大テレにテレて逃げるように配送センターを後にした。

〈見ず知らずの人と他愛もない言葉のやり取りをして、お互い元気になるのは良いよね……〉

気持ちの表面にじわじわと浮かんでくるものがあった。

いつのまにか宵闇につつまれた隣のコンビニでは、「春スイーツはじまる」とピンク色の大きな看板がかかっていた。

庭は花ざかり

ゴールデンウイークの間じゅう、九日連続で草むしりをした。緑色の風が吹きわたる季節に、遊びの計画も入れず草むしりに徹するなんて、人生初のことだった。

二日目、太ももを中心とした身体の痛みが前日の草むしりの姿勢のためと分ったとき、不思議な感動があった。良いではないか。痛みと云えば、歩き過ぎた後の膝関節の痛みとか、冷えからくる骨折あとの痛みとか、季節の変わり目の頭痛とか、老化の証ばかりを刻んできた昨今。

日ごろ使わない筋肉の痛みなら、「若者みたいでステキ！」と、気持ちよくなって外に出た。

気づけばいま、わたしの庭は花盛り。

直径一センチにも満たない黄色の花、小さく可憐なピンクの花や青い花、スイトピーに似た形の赤紫色の花。どの花も愛らしく美しい。花屋の店先に並ぶ花と違うのは、その大きさだけだと知った。草丈五センチにも満たない葉の先端に埋もれるように咲く蒼い花はどんな形をしているのか。拡大鏡で観たいと思った。摘んでから家のなかまで三十歩進むあいだに、蒼い花は消えて無くなってしまった。

雑草とは思えぬ儚さ。

名も知らぬ雑草が、わたしの庭でこんなに美しい花園を展開していたとは不覚だった。膝まずき地面に顔を寄せて初めて見えてくる「生命の饗宴」と言ったら、「大袈裟な」と人は笑うだろうか。「嘘みたいに綺麗な花をつける草の名前を知りたい」と思った。夕食後にパソコンを開いて、アマゾンで雑草図鑑を注文した。

連休半ば、近所に住む姉が牡丹の花を二輪持ってきてくれた。水切りをして花瓶に活けながらその大輪の華やかさにしばし言葉を失った。雑草の花が平均して直径五ミリなのとは対照的に、掌を思いきり広げても端から端まで届きそうもない。父が丹精こめた牡丹の花を、長女の姉は二十年経っても守っていた。

父は、勤勉な早起きの人で、出勤前によく庭の手入れや草むしりをしていた。父の庭は、造園士を入れて巨石や蹲《つくばい》、石灯篭なども配した本格的な庭だった。庭を愛する思いと、造園時の形を雑草に崩されまいとする努力は、わかる気がする。

姉は、早朝から草むしりに余念のない父を評して「お父さんの攻撃性が草をむしっている」と言った。その頃まだわたしには攻撃性と草むしりの関係はよくわからなかった。ただ、草むしりという行為には心の攻撃性が作用をしているのか、と強く印象に残った。

ところで、わたしの庭は、ただ一面に砂利を敷き詰めただけの無味乾燥な広場である。「敷地内の砂利を踏む音で人の訪れが分るように」というか、防犯の意図が強い。「これだけ砂利を敷き詰めれば、草も生えてきませんよ」と工務店の社長は笑顔で請け合ってくれた。

この十年近く、雑草のことは頭にも浮かばず、見ても見えず、遊びほうけて暮らしてきた。いつの間にか、砂利の庭は薄緑色に変わりつつあった。車や人が踏みつけることの無い四隅からジワジワと緑の陣地を広げている。このままにしておくと、砂利の庭だったこともいつか分からなくなるだろう。ゴールデンウイークに雑草と正面から向き合うことにしたのは正しかった。

ようやく届いた雑草図鑑によると、黄色い花を咲かせるのはカタバミ。そういえば、実家の家紋は「剣カタバミ」だった。家紋に使われるくらいだから日本古来の種だろう。

赤紫のスイトピーみたいな花をつけるのはカラスノエンドウ。花の下方には無数の莢が付いていて、その一つ一つに十個の豆が隙間なく並んでいる。

満天の星みたいな青い花々はイヌフグリの仲間。

楚々とした薄桃色の五弁花をつけるのはアメリカフウロ。

芥子の花に似た肉色のナガミヒナゲシもすさまじい繁茂力を誇っている。

毎日少しずつだが、来る日も来る日も草むしりを続けていると、目に見えて緑は消えてくる。砂利を敷き詰めた当初の姿が戻ってきた。「砂利だけの無機質な庭のどこが良いのか」と問われそうだが、「これがわたしのスタイルです」と答えるほかはない。砂利の隙間からやっと顔を出した風情の、草丈二センチのアメリカフウロも指先でつまんで引き抜いてしまう。

連休の最終日、夜の八時頃に幻覚を見た。

引き抜いた雑草の山を袋に詰め、ゴミステーションに置いて戻ったときだった。道を行き交う車のヘッドライトに映し出されて、庭一面に青々と草がなびいていた。「そんな筈はない」と何度も屈みこんで引き抜こうとしたが、手に触れたのはやはり砂利粒だった。それでも、車のライトが鮮やかに浮かび上らせたのはゆらゆらと揺れる草たちの姿。

それは、伸びることも、花を咲かせきることも、種子を弾き飛ばすこともできなかった草たちの亡霊だったろうか？

この九日間、わたしの庭では確かに命の攻防戦が行われていたらしい。

絵描きの姉の言葉は本当だった。わたしのなかの攻撃性が何の呵責も無しに庭から草たちを一掃していた。

父とアンデルセン

先日、立ち寄った画廊で小磯良平の婦人画を見て懐かしい想いにかられた。旧知に会ったような喜びを感じたのは、この画家の典雅な作風のせいかもしれない。だが、実はもっと個人的な理由だった、と帰宅してから気がついた。

中学生の頃、わが家には立派な画集があって、飽きもせずそれらを眺め暮らした覚えがある。黒田清輝、岸田劉生のなかに小磯良平の一冊もあって、ずいぶんと心を惹きつけられ、無心にその世界に浸っていた。なにも考えずただ眺めるだけ、という観方ではあったが、もっとも感じやすい年頃にそれらがわが家にあったことで、精神《こころ》の畑がどれほど耕されたかわからない。

その後五十年の時を経て、画家になった姉ほどではないにしても。

それは、戦後のわが国で出版されたはじめての本格的な画集だった。思えば、混乱と窮乏を乗り越えて文化の息吹がそこここに花開き始めた時代だった。

父が第一回配本の梅原龍三郎全集を自転車の荷台に乗せて帰宅したとき、家族はまず、本の大きさと美しさに驚いた。つぎに、布表紙の装丁とその値段の破格さにもびっくりした。

わたしが記憶するかぎり「お金」のことで喧嘩する両親ではなかったが、その夜ばかりは、これから年をまたいだ出費をめぐって母とのあいだに諍いが起こった。

職場の同僚や友人からも「愛妻家」で知られていた父だった。

絵筆を持つわけでもない銀行員の父が何故、母の反対を押し切ってその画集を買い続けたのか。

当時、わが家の長男である弟は小三でまだ幼く、父は五十歳に手が届こうとしていた。それまでの半生で蓄えた家と家財の一切を戦争で失い、数年後に控えた「五十五歳で停年退職」の影が色濃くわが家に迫っていた。

母の苦言には子ども心に肯きながらも、泣き言に決して屈しない父を「大きい」と思いながらわたしは育った。

その二か月前、一枚の展覧会の案内状がわが家に震動を起こしていた。

当時高校生だった七つ違いの姉が、父母に内緒で僅かなお小遣いをやりくりして絵を習っていたことから届いた、展覧会の報せだった。

女の子が絵を描くなんて「もってのほか」、「おひきずりになる」、と母は柳眉を逆立てた。そんな時代でもあったのだが、病弱でつねに母の気遣いの対象だった姉だからこそ、その反応はたやすく予想ができて半年以上も隠し通したのだろう。

「しかし、あのおとなしい民子さんがねえ……」と両親は驚き呆れ、当時、小学生のわたしと弟が受けた波紋も決して小さくはなかった。

その夜、姉を問い詰めて一部始終を知った父はどうにか母を宥めると、その翌日には絵画の先生のところへ挨拶に行った。

以後、父はスケッチ旅行に付き添ったり画題選びに意見を述べたり、いつのまにか姉の絵のことが我が家の団欒をまあるく照らし出す話題に変わっていた。

団欒といえば、思い出すだけでも甘美な団欒の夜を、わたしたち姉弟は何度となく父から与えられた。

もの心ついたときから、床の間には「なまず」の形をした黒い箱が立てかけてあった。そのなかには、箱の大きさ異様さからは想像もできないほど華奢な「お父さんのヴァイオリン」が入っていた。

「民子さん、音楽の教科書をもっておいで」

譜面に目を落としてピカピカ光るヴァイオリンを父が顎の下にあてると、その瞬間からわたしたち姉弟の嬉しくも甘やかな時間が始まるのだった。

「波浮の港」、「桜貝の歌」、「早春賦」。

父のヴァイオリンに合わせて夢中で歌った。まだ小学生のわたしと弟にはすこし背伸びした曲ばかりだったが、父に導かれて、頬も耳たぶも真っ赤に染めて歌った。父が奏でる非日常の音色と、よくわからないけれど美しい日本語の歌詞に酔いしれていた。

至福のときだった。

明治生まれの男らしく、家の前で自転車を降りると必ずそのベルをリンリンと鳴らした。

「父のご帰還！」

その音を耳にするとどこで何をしていようと家族みんなが玄関に父を迎えるのが、わが家の慣わしだった。「決算」だの「残業」だのと、半ドンの土曜日でさえ帰宅はとっぷり日が暮れてから、と決まっていた。

そんな父が、連日、陽のあるうちに帰宅していた時期がある。

わたしが小学四年生の冬、三か月間も学校を休む大病をした。何度となく悪化をくり返しては危機的な病状で生死をさまよった。当時は食事療法しか手立てがなく、懇意の医者の往診を受けながらの自宅療養だった。

病床での果てしなく長い一日がようやく傾き、夕方五時を回ると玄関に自転車のベルが響いて足早に父の姿が現れた。

それから夕飯ができるまでの一、二時間を、枕辺でアンデルセン童話集を読み聞かせて過ごすのが父の日課になった。

「マッチ売りの少女」、「鉛の兵隊」、「親指姫」……美しくも残酷な北欧の童話に、読み上げる父も聴き入るわたしも、涙に濡れて感情の世界を共有した。グリム童話でもロシヤの民話でもなく、くる日もくる日もアンデルセンに親子で共鳴し涙していたのは、絶望の淵をさまよっていた病状と関係があったのだろうか。

隣の床屋さん

自らを「隣の床屋さんです」と名のるその人は「超」がつく親切な方。夫が他界したわたしを「保護者気分」で見守ってくれているらしい。

そう感じるのには理由がある。

ゴミ収集車が去ったあとの、一か月交代で回ってくる組内の清掃当番を、

「しなくてもいいよ。俺がやるから」

わたしの分まで引き受けてくれるから、もう八年近くも清掃当番をしていない。

「そんなに甘えていて良いのだろうか?」

ときどき自分を責めるが、彼の善意をどう断れば良いか悩んでいるうちに、いつのまにか時間ばかりが経ってしまった。お互いに習慣化してしまった現在では、旅に出かける度にその土地のみやげを買ってくることで、感謝の気持ちを表している。

自分で運ぶには重すぎる品物を買ったとき、店員に自動車のなかまで運んでもらうことはできる。でも、着いてから家のなかにはどのようにして運び込めばよいのか？　そんなときでも諦めずに買い入れることができるのは床屋さんのお蔭。頼めば快く引き受けて、家のなかの置きたい場所まで運んでくれる。電子レンジを買い替えたときや、応接室の重いローテーブルを買ったときも、おおいに助けられた。

県内の理容美容の店が休みになる火曜日には、野山を歩きまわってタケノコやキノコを採取するのが床屋さんの趣味らしい。

毎年、春はタケノコ、夏はチタケのお相伴にあずかれる。

タケノコは、糠で水煮してあく抜きをしてから持って来てくれる。背後に奥さんのやさしい気配りを感じながらすぐ料理にとりかかる。

チタケには茄子を一個添えてくれるところが心にくい。そのままゴマ油で炒めて麺類のつゆに入れれば得も言われぬ美味しさで、蕎麦屋の上等なひと品になる。

チタケは栃木県だけの食習慣と聞くが、他県ではこんなに美味しいものが摘まれず野山で朽ちていくのだろうか。もったいない。

県内での需要は大きいはずだから、

「こんなみごとなチタケ、いったいどこで採ってくるの?」

驚きと歓びで質問するが、いつも応えは「あっちのほう」とボカされる。

「きっと、マツタケの生える場所は『家族といえども内緒』というアレかな?」と、それ以上の追求はしない。

福島原発の放射能が県北の野山に降りそそいだ直後は、多少うす気味わるい思いがあったのは否めない。だが、冷静に考えてみれば完全にわたしの思い過ごしだ。いつも車輪の小さなママチャリで移動している床屋さんの行動半径がそんなに広いはずはない。そう気づいたとたんに、タケノコやチタケがひときわ美味しく感じられた。


むかし、わが家の辺りは商店街だったから、奥行きは広いが間口が狭くて、軒を連ねた家並みになっている。床屋さんの店の北側の窓は、わたしのブロック塀と高さが同じくらいで、ほとんど離れていない。

だから、たった十センチ幅のブロック塀を、彼が「物置き台」の代わりに使っているのも自然の成り行きだろう。店のなかに置けなくなった古い土入りの植木鉢や飽きてしまった造花の飾り物をつぎつぎとその上に並べている。店の建物と塀との空間はよほど大切らしく、わざわざ板を渡して漬物樽まで載せたりしている。プラスチック製のものは風雨にさらされているうちに劣化して壊れてわたしの庭に落ちてくる。

「もしかして、床屋さんは『所有の感覚』が人と少しちがっているのかな？」

ふと心をよぎるが、もちろん口に出して言ったりはしない。目くじら立てるほどではないし、お世話になっているのは圧倒的にわたしのほう。草むしりのときいっしょに片づけておけば済む。

庭に出て畑仕事をしていると、わざわざ窓を開けてシャンソンやセミクラシックを最大限までボリュームをあげて聞かせてくれるのも嬉しい心遣いだ。

「惚れ惚れする良い曲だよねえ」

彼の親切心に気持ちを動かされて窓越しに声をかける。店のBGMとして使っているのはたいてい演歌や歌謡曲だから、きっとわたしの好みを選曲しているつもりでは、という気がする。

実はこのわたし、鳥羽一郎の「兄弟船」、北原ミレイの「石狩挽歌」のような「日本人の労働歌」が鳥肌たつほど好きだということは、せっかくだから言わないでおく。

靴のなかの事情

父は大工の厳さんと小学校からの仲良しで、台所と風呂場の改修とか堀炬燵を作るとか、何かと厳さんを家に呼んで仕事をしてもらっていた。彼も大工道具の一式が入った道具箱を肩に担いでいそいそとやって来るのが常だった。

幼いわたしは厳さんの仕事ぶりにこころを奪われて、やること為すこと、行くところ全てに後を付いて回った。特に面白かったのはカンナかけで、薄く光る木のテープが香りを放ちながら飛び出してくるのを、傍に寄って飽かず眺めた。

カンナを引きながらすぐ傍で覗き込むわたしの素足が視野に入っていたのか、お茶のとき、菓子を頬張りながら彼は冗談を言った。

「佳子ちゃんの足は小指一本分だけカンナをかけてやりてえようだなあ」

母は白い喉をみせ声を立てて笑ったが、足にカンナをかけられてはタイヘン！と翌日からは足袋を履き一歩遠のいて眺めることにした幼児期。

高校の入学祝いに、父はオーダーメイドの革靴を奮発してくれた。

箱にリボンをかけて届けられた靴だったが、わたしはあまり嬉しくなかった。「足に合わせた靴」の形は、お世辞にも「可愛い」とか「素敵な」という言葉とは縁遠いものだった。履き心地の良さは認めるもののその不格好さが情けなくて、父には申し訳ないがその靴を履くことは滅多に無かった。

郡部から電車とバスを乗り継いで通学しているクラスメイトがいた。地元では町一番の優等生だったにちがいない。彼女が毎日履いていた革靴が、わたしのそれとそっくりの形をしていた。

「わたしの靴ってダンプカーみたいでしょ?」

自虐的に開き直って言う友の強さが、思春期の乙女心をチクリと刺した。

学生時代、白いブラウスに黒いカーディガン、グレーのタイトスカートに赤いハイヒールなんていう組み合わせが、ことのほか好きだった。子供の頃からの憧れだった赤い靴は譲れなかったから、どんなに痛くても「足は靴に合わせるもの」と信じて頑張った。ハイヒールは大人になった女性の象徴のように感じていたので、社会人になってからも痛みに耐えて毎日履いた。恋ゆえに陸に上がり一歩ごとの痛みを堪えた人魚姫の足を想って、自分を励ましてみたりもした。

結婚してからは、相手との身長差が五センチしかなかったので、夫婦としてのつりあい上、わたしは喜んでハイヒールを手放した。

青年期の我慢に終止符を打たせてくれた夫の背丈には感謝しかない。

どうして世の中は、ルネッサンス期のボッティチェリが描くような華奢な足を持つ女性のためにだけ靴を造るのだろうか？　幅広で甲高の、大地を踏みしめる足に「きれいな靴は要らない」とでもいうのか。

海外旅行熱とブランド品の買い漁りが、我が国の女性たちを浮き足立たせていた時代があった。

「フェラガモってね、鴨のことじゃないんだよ」

真顔で夫に報告するほどブランドには疎かったが、旅仲間に連れられて一度だけイタリアが誇るフェラガモの店を訪れたことがある。

「月給取りの妻」なので買う気も無いくせに、はずみで何となく順番を待つ列のなかに入ってしまった。番が回ってスツールに腰かけ足台に足を乗せた途端、店員は「オーノウ！」というしぐさで肩をすくめた。彼女はそれきり奥に引っ込んで出てこようとはしなかった。

〈世界のフェラガモだというなら、世界中の女たちを喜ばせる靴を造れよ！〉

自尊心を傷つけられたその時の思い、少し強気に過ぎただろうか？　もしもわたしを喜ばせる靴がフェラガモにあったりしたら、支払いの段でどうなっていたか。

夫は仕事に夢中で娘二人も地方の大学に進み、空《から》の巣にひとり取り残されていた頃だった。

八十路を目前にして、左足親指の付け根が一足歩くたびにズキズキ痛む。最初は足指の違和感だったが、日を追うごとに痛みに変わってきて、このままでは大好きなウォーキングが出来なくなる、と不安になった。

ここ数年、一日に七千歩前後の歩行が大切な日課になっている。歩くことは、ご飯をしっかり食べること、よく眠ることと並んで、娘たちの世話になるのを少しでも先延ばしするため自らに課した大事なルール。

歩くためにはシューズが大切だ。もちろん靴屋で試着して店内を歩き回って「これ、いただきます」となるのだが、実際に毎日のウォーキングに使い始めてみると、不具合が少しずつ顕わになってくる。ある靴は、幅は充分なのに、蹴りだすたびに足の甲を痛めつける。別の靴は、「外反母趾用の靴だから」と店員の熱心なお薦めだったはずが、親指と小指を遠慮なく締め付けてくる。合成皮革には足に添う意思がないから、アソビが一ミリ足りないだけで爪が黒く変色する。

どこまでも要求がましいわたしの足は「一生もの」だと識った。

いまの自分が「痩せた猫背の婆さんだ」ということはよく承知している。自分で言うのもおこがましいが、これでも若い時には、結婚式や法事で親戚が集うと、「親戚馬鹿」でよく言われたものだ。

「器量よし、気立てよし、姿よし。『よし』がいっぱい揃った佳子さんだね」と。

同年代の女の子がほかにいなかったのも幸いしたのだろう。

だが、彼らのうちの誰一人、わたしの靴のなかの事情は知らない。

テオにはなれないけれど

我が家から姉の家までは歩いてちょうど二千歩。安くて新鮮な野菜が手に入ったとき半分置いてくるだけなので、頻繁に行く割には家のなかまで上がることは滅多になかった。元気かどうかを確かめるのが主な目的だから。

それなのに、先日、姉の居間に上がったのはどうしたはずみだったかしら？　よく思い出せないが、フローリングの冷たさがしんしんと足裏から這い上がってきた。暖房のエアコンは点いているようだが、旧式なので天井ばかり暖めているのだろう。炬燵布団をめくってみたが温かさの欠片もない。替りに、見たこともない円柱型の暖房機が稼働しているらしいが、部屋全体は冷えびえとしていた。

「そのまあるい物は一体なんですか？」

「電気だから空気を汚さないし、丸いから部屋じゅうを暖めてくれるんです」と、姉は折りたたまれた通販のチラシを大切そうに引っ張り出してきた。

わたしはろくに見もせずに、「で、いくらしたの?」

「五万五千円。もうお金が無くなっちゃいました」と、かなり得意げな様子。

値段相応の熱効率の良さがあるというなら別だが、この部屋の寒さといったら!

店頭はおろかテレビ・ショッピングにさえ登場しない代物で、明らかに老人に狙いを定めたダイレクトメールによる詐欺まがい、とひと目で判断した。姉のところにはこういった種類の手紙がよく舞い込んでいるのだ。

「民子さんはきっと『打ち出の小槌』を持ってるにちがいない!」

あまりの寒さに「長居は無用」と、嫌味をひとつだけ言って退散した。

「どうもわたしは、ゴッホを支えた弟のテオのようにはなれないんだよねえ」

帰る道々、自分自身に話しかけた。


去年の五月に、姉は八十七歳にしてはじめて日展の「会友」に推挙された。

コロナ禍の下で、類縁に訪れたささやかな慶事だった。ふだんなら娘や孫たちも集めて盛大にお祝いをしてあげたいところだが、わたし自身未知のウイルスが怖くて長女が計画してくれた傘寿の祝いさえ自ら望んで「中止に」にしていた。

「せっかく長い苦労が実ったというのに、お祝いしてあげられなくてごめんね」

姉は六十代から七十代にかけて、日展でたて続けに九回入選したが、その後はパタリと入選の報が途絶えた。

美術界のことはよくわからないが、どうも「入選十回」というのが「会友」になれる資格のようだった。九回を最後に落選続きだったが諦めずに、毎年、百号の大作を仕上げては、車に乗せて自分で上野の美術館へ運び込む姿には鬼気迫るものがあった。

情熱と意地とプライド。

とうてい理解を超えた世界で、痩せた細腕で唯一の生きがいに必死でしがみついているようにわたしには見えた。

人の執念に付け込んでくる怪しげな美術関連の業者たち。

フランスやイタリアやスペインとか、さまざまな国で個展を開くようそそのかされては、毎年、湯水のようにお金を使っていた。それでいて「絵が一枚売れた」という話も聞かなかった。涙ながらに無心されて父の遺産の一部とはいえ、わたし自身夫や娘たちには言えないお金を二百万ばかり用立てたこともあった。わたしもその頃はまだ六十代の世間知らずだった。

日展からは十五年以上も放置され忘れ去られてきた去年になって、何の前ぶれも無く「会友と認める」報せが届いた。A5の小さな紙切れだった。長かった「執着の旅」は八十七歳にしてとにかく一段落をみたのだろう、とわたしは安堵した。

〈あの凍えるような部屋をなんとかしなくちゃ……〉

暮れも押し詰まった二十九日、年末の用事を放りだして姉の家を訪ねた。テレビの予報では、三十日の夕方から日本列島は未曽有の寒波にすっぽり覆われるらしい。姉は歳をとって暑さ寒さの感覚がすっかり麻痺しているように見えた。

「民子さん。いまの地球はね、民子さんが若かったときの地球とは違うんですよ」

言ってみたところで、絵のこと以外に関心のない人に通じる気はしないし、物で溢れた部屋を独りで片づけることも無理だろう。

「松が明けてから来てみたら、カチンコチンに凍りついた民子さんを発見しないとも限りませんよね？」

我ながらシビアな物言いだが、それくらい切羽詰まった状況に思えた。

とりあえずわたしが思い浮かべる姉の居間の必需品は、足元の床から暖めるホットカーペット。部屋全体を柔らかくジンワリと暖めるには広ければ広いほど良いが、物を片づけて敷けるのは何畳の広さまでか？

翌三十日の昼頃には、店を三軒回って調達したホットカーペットと、我が家に余っていた電気敷き毛布を持って再び訪ねた。

「夜は電気掛け毛布で温かく眠っています」と姉は自信ありげに言うが、掛け毛布だけの保温では不十分で、掛けと敷きはセットで使わなければ意味がない。

居間にホットカーペットを敷き、寝室でメイクベッドを終えて自宅に戻ると、テレビが予報したとおり冷たい北風がビュンビュンと暴れはじめた。

〈ふう。なんとか間にあったみたい……〉

数時間たってひと仕事を終えた夜に、電話で姉の居間の様子を訊くと、

「まるで春が来たようです」

翌三十一日にも前夜の寝心地を確かめるために電話をすると、

「何年ぶりかでぐっすり眠りました。今日は身体が喜んでいます」

ふふっと笑って受話器を置いた。

重いスーツケース

絵描きの姉から電話が入った。

近々、胃ガンの手術を受けるという。一瞬、血の引く思いで聴いていたら、二月五日は担当医の説明に立ち会うように、翌六日は手術だから「やはり立ち会いなさい」と、命令口調に近い。緊張しているのだろう。

お互い独居の姉とわたし、近くに住んでいるのが唯一の救いといえる。入院となれば荷物もあるだろうと、車で送ることにした。本人もかなり気持ちが逸るらしく、開院と同時に朝一番で事を進めたい様子。話しているうちに、姉の家に迎えに行く時間がどんどん早まって、普段ならわたしの目覚めの時刻に決まった。

入院当日の朝、とんでもない荷物の量に目を見張った。十日間以上のクルーズにでも行くかと見える大きなスーツケース、背中いっぱいに背負ったリュックサック、満腹イカみたいに膨らんだ布製バッグまで腕に下げていた。

驚きながらも、タクシー運転手になったつもりでスーツケースを車に運び込んだ。尋常でない重さだった。

車中の話では、順調にいけば一週間もたたずに退院する予定。病院内は一年じゅう二十五度前後に温度が設定されているはずだから、なんでそんなに荷物が多く重いのか、わたしには理解できない。でも、八十五歳の姉には何か特殊な理由があるかもしれない。この寒い季節では、できることなら一週間といわず十日間ぐらい初夏の気温のなかで暮らさせてやりたい気もした。

入院手続きもサクサク進み病室に案内された。個室ではなく四人部屋を選んだという。担当の看護師が来て血圧や体温を測ってしまうと、医師との面談までには二時間以上も余裕がある。なんでこんなに急がされたのか、と内心思った。

「それじゃ、パジャマに着替えましょうか」

看護師の言葉でスーツケースを開けようとしたら、施錠してある上に、鍵が無い。リュックサックも手提げバッグも逆さまにして探したが、鍵は出てこない。パジャマはおろか、歯ブラシ一つ取り出せないことになる。解錠士を呼ぼうにも、そんな電話番号のストックは無い、と看護師はいう。当然だろう。

病室から車の座席まで今朝来た道をさかのぼって探したが、見つからなかった。

これでは、入院に必要な物をわたしが新たに買い揃えるしか、方法は無さそうだ。

必需品リストを片手に、すぐにも駆け出したい気分になった。

「待てよ。今日のわたしの一番大切な仕事は、お医者様の説明を聴くこと、だったよね？」気が付けば、医師との面談時間が迫っていた。

早期のガンとはいえ、パソコンに映し出された患部の画像はまがまがしい。内視鏡で胃の粘膜を薄く剥がす手術だと、若い女性医師は明快な口調で説明してくれた。

十八年前にわたし自身も早期ガンと診断されて胃の四分の三を切除したときには、二か月間入院した。それを思うと医学の進歩に感歎しながらも、最小限の剥離手術で「ホントウに大丈夫なの？」と、気持ちに不安が淀む。

「いろいろ買い揃える前に、ウチの近くのいつも合鍵を作る店に一度相談してみようね」

必需品リストと、とんでもない重さのスーツケースを押して病室を出た。

一体、このスーツケースは何十年前に買い入れた代物か。今なら必ず取り付けてある上下式の取手が付いてない。膝を少しかがめて両手でしっかり押さえて前に押し出すしかないのだが、腰に負担のかかる姿勢だ。それでも真っ直ぐ前に進んでくれるなら我慢もする。キャスター部分が一体どうなっているのか、横へ横へと逸れて、壁や塀にぶつかり倒れそうになる。駐車場に向かう敷石のわずかな高低差も乗りこえられずに、バッタリと何度も倒れた。重いのでその度に起こすのも、非力なわたしには身に食い込む苦痛だ。自分の車までが果てしなく遠かった。

「いい加減にしてくれ。この馬鹿スーツケースが！」

姉がいないところで、思いっきり悪態をついた。最新医療の場にこんな古い物を持ち込む姉への怒りだったかもしれない。

絵描きの姉は、世界の美しい景色や人類遺産を求めて今でも海外を旅したいと願っている。芸術的高揚感のなかで生きている人だから、時代物のスーツケースなどは歯牙にもかけない。老いの身に応えないのかと心配にもなるが、姉の気力は測り難い。

このスーツケース自体、世界じゅうのあらゆる空港や港を巡ってきたことを示すシールが全体に貼ってある。姉の絵の「異国への旅」シリーズには必ず登場する準主役だった。

近所の店で教えてもらった解錠士がいる店を訪ねたら、ものの二分で開いて、三千円を支払った。入院必需品を新たに買い揃えることに較べればずっと安上がりだ。

荷物の多さや鍵を失くしたことからみても、姉はさまざまな不安を感じているにちがいない。入院騒ぎに付き合ってすっかり疲れ果てた身を起こして、その後も懸命に病室を見舞った。この厳寒の季節に、老齢の姉が術後五日目で独居生活に戻って果たして大丈夫なのか、夢見が悪い朝もあった。

退院当日迎えに行くと、姉は最近出版したらしい自分の名を冠した絵画集を同室の療養仲間に配っていた。かかわってくれた看護師や医師、病院長にまで、無理矢理受け取ってもらったらしい。

スーツケースが重くなる訳が、ようやくわかった。

（２０１８年第七十二回栃木県芸術祭「準文芸賞」）

麗子の肩かけ

不思議の国カタール

成田空港で見たカタール航空機の胴体と尾翼には、優しい顔つきの動物が描かれている。鹿でもない、山羊でもない、見慣れぬ動物で長い角がある。航空会社のシンボルマークに動物の顔が用いられるのは極めて珍しい。

先日テレビを見ていたら、アラビアオリックスという動物が紹介されていた。白い躰に、角と耳と足は濃い灰色で、顔の中心と目の上下にも同じ色の模様が有って、いかにもメルヘンチック。

「これだ！」

カタール航空機に描かれていたのはまぎれもなくアラビアオリックスにちがいない。成田で見た瞼の裏の残像は、テレビの映像と完全に一致した。

それはアラビア半島にだけ棲む牛科の絶滅危惧種で、欧米で絵画や物語に出てくる伝説の生き物ユニコーンのモデルになった、といわれている。

ヨーロッパの中世期に王宮を飾ったタペストリーにもユニコーンの姿は織り込まれたし、十九世紀末にドラクロワの影響を受けたロマン派の画家モローの絵にも登場していたと記憶する。ヨーロッパの人々にとっても、アラビアオリックスはなにかしら想像力を掻き立てる姿なのだろう。

わたしにはアラビア半島がムートンブーツの形に見えるのだが、靴底の前半分に当たる国がオマーンで、かつてはアラビアオリックスの大規模な保護区が有った。そのことが世界遺産に指定されていたが、石油が埋蔵されているとわかると保護区は十分の一に縮小されて、オマーンの世界遺産は取り消された。

カタールは、オマーンからは少し離れて、ムートンブーツの向こう脛にできたイボみたいな形でペルシャ湾のなかに突き出ている。埼玉県ほどの小さな国土は、全てが海抜百メートル以下で、砂に覆われている。

航空機のシンボルマークになるくらいだから、稀少動物のアラビアオリックスはカタールにもいるのだろう。オマーンの世界遺産が取り消された分、カタールがこの動物の保護に力を入れている可能性は充分に考えられる。アラビアの人々が誇るのも頷けるほど優しい表情をもつ動物だから、そう考えると温かい気持ちになる。

五月の末、わたしは破格に安いスイス旅行に参加した。旅費が安かった大きな理由の一つに、サーチャージ料金を取らないカタール航空機の利用があった。一方で乗り継ぎ地のドーハ空港では、日本なら百円で買えるエビアン水が五百円もした。

「砂漠の国だから石油より水の方が高いんだろうなあ」

深夜の空港で乾いた喉にエビアンをゴクゴク流し込みながらそう思った。

カタール航空は半官半民の会社と聞くが、カタールの国自体に所得税も消費税も全く無いと知ると、この国への好奇心が膨らんでくる。

それどころか、教育費も無料、医療費も無料、光熱費も無料とは、いったいどれだけ福祉がゆきとどいた豊かな国なのか。高福祉の国と世界じゅうが認めるスウェーデンでさえ、カタールと較べられては肩身が狭かろう。スウェーデンの高福祉は所得税の高負担がお約束だから。

カタールが豊かな理由をわたしなりに調べてみたくなった。

カタールはアラブ諸国のご多聞にもれず産油国であると同時に、液化天然ガスの産出国でもある。ペルシャ湾に突き出た領海のなかに世界有数のガス田を持っている。石油にせよ天然ガスにせよ、自国での消費量が産出量を上回ってしまえば、国はさほど潤わない。

カタールの凄いところは、天然ガスの場合、自国での消費量が総生産量の二十三パーセントを占めるだけで、石油にいたっては十八パーセントに過ぎない。輸出にまわせる余剰資源の多いことが、第一にあげるべき豊かさの原因だろう。

ちなみに天然ガスの輸出先で一番多く輸入しているのが日本だというから、カタールと日本の縁は浅くない。日本はカタールの豊かさにほんの少しだけ寄与しているとも言えるだろうか。

父・国王の外遊中に皇太子が無血クーデターを起こして政権を奪うのは、カタール王家のお家芸なのか、六代目も七代目もそのようにして国の指導者の位置に就いた。さすがに現在の八代目国王は、父からの譲位によって十年前に三十三歳の若さで即位した。世界じゅうを見渡してもこんなに若い政治的リーダーはいない。この半世紀、カタールは若い世代の感性が高福祉の国へ舵取りをした、と言えるのかもしれない。

アラブ世界で日本人が拘束される度によく耳にする「アルジャジーラ」は、カタールの首都ドーハにある。

アラブ系の放送局アルジャジーラは、中東ではじめて衛星放送を通じてアラブからの情報を世界に発信した。特定の国や国王、団体の思想に加担することなく、ジャーナリズムの公正さを基に独自の取材を展開しているので、西欧社会からの信頼も厚い。健全な公共放送の存在が、この国への世界からの信頼度を高めているらしい。

わたしたち日本人にとってカタールは、やっぱり遠くて不思議の国だ。

山の景色

その町の名前は忘れたが、忘れられない景色がある。

軽井沢近辺の小さな町の図書館から見た山やまが連なる景色だった。当時は信州に小さな山荘を持っていたから、夏休みの午後の暇な時間をもてあまして、よくみんなでドライブを楽しんだ。

長野県ならどこの町にでもある温泉施設を家族でこころゆくまで楽しんだあと、道を挟んだ向かい側に建つ図書館に足を運んだ。書架からそれぞれ思いおもいの本を選ぶと、広いソファーに深く体を預けてみんながしばし読書に熱中した。目の疲れを感じてふと視線をあげた先に、山の景色が、たぶんあれは八ヶ岳連峰が、窓いっぱいに広がっていた。

その窓の広さといったら……壁一面が窓になっていた。信州の山の景色を思いきりガラス窓に取り込んだ、粋な設計の図書館だった。

地元の人々が、どんなにその風景を誇らしく思い、愛してやまないかが自ずと伝わってくる設計になっていた。夕日を受けて峰々の稜線がやわらかく輝く様は、よそ者のわたしたちでさえただ黙して見入ってしまうほどの美しさだった。

あの壁一面に山の景色を貼り付けた図書館がある、小さな町は何という名前の町だったかしら？　忘れてしまって思い出せないのが残念でならない。二度と訪ねることができそうもないから、記憶のなかで愛でるしかない。

長野県出身の、結婚して宇都宮に移り住んだ友人が、関東平野は「不安だ」と嘆いていた。

「ふるさとでは、どこにいても背後に山があるので守られている気がするのよ」

「山の見え方ひとつで自分の今いる位置が分るの」

「湧き水とか川芹とか山わさびとか、山の恵みは生活の一部だったわ」と彼女の繰り言はいつ終わるとも見えなかった。

言われてみれば、ここ宇都宮では西へ向かう道の正面に男体山を見たり、東京行きの電車の窓から筑波山を眺めたり、僥倖のような富士の姿を遠くに見つけることはあっても、ふだんは山のことなどほとんど気にもとめずに暮らしている。

わが家を新築した当時、西側の小窓の正面に見える男体山が嬉しくて、朝夕眺めた時期があった。それもつかのま、近くに建った新しい家に阻まれて見えなくなると、「宇都宮には海もなければ山もない」と思うことが当たりまえになった。

それでも、線状降水帯とか豪雪地帯とか雨風の通り道に起こる自然災害は、みな海や山と関連しているから、関東平野のなかに暮らす安定感にはやはり得難いものがある。

大自然が引き起こした災害の様子をテレビの映像で見て、「大変なことだねえ、なんて気の毒な！」と被災者の苦渋を思って義援金を送ったりするが、所詮はどこか「他人ごと」で「自分ごと」にはなりにくい。

津波も雪崩も崖崩れも無いし、台風はどういうわけかこの地を避けて通りすぎていく。地震は最近こそ頻繁に感じるが、震源地からも遠く離れて揺れもさほど大きくはない。

真冬の寒暖差に耐えながらも、毎日「お約束」のように眩い晴天が続き、陽光の恵みを全身に浴びることができる幸せを感じている。

たまに県内の川の氾濫を耳にすることはあっても、その他のあらゆる自然災害からは、「お目こぼし」を受けているかのようなこの宇都宮に、「よくぞ棲むことになったものだ！」と、わたしは先祖に感謝したくなってくる。

海や山から切り離された暮らしは、それはそれで穏やかな日常が続いていく。

長野から来て「山が無い」と嘆く友には、「そうだよねえ。でも宇都宮に住むことの良さもそのうちにきっとわかってくるよ」と慰めてみる。

その言葉の裏で、大きなインク瓶を倒してしまったみたいな海の色や、白い絵の具を有りったけ絞り出したみたいな雪山の景色が、歳を重ねるごとにわたしのなかで膨らんでくるのはいったいどうしてだろう。

海や山への憧れは、ひとの気持ちの奥深いところに根差していると思えてならない。

フジコ・ヘミングの時間

およそ二十年前、一人娘がピアノ教師をしているという友人が、あるピアノ奏者のすばらしさを瞬きもせずに力説していた。

「凄いの！　ものすごいのよ」

音楽のことは良くわからないのでただ肯くだけだったが、その「フジコ・ヘミング」という名前をしっかり記憶にきざんだのは、わたしも聴いてみたくなったからにちがいない。その後、随分いろいろなコンサートにも足を運んだつもりだが、フジコ・ヘミングとの出会いは無かったし、噂も聞かなかった。

長い時を経て、今年の夏の夜の散歩の途中に、近所の映画館で「フジコ・ヘミングの時間」と題する映画が上映されていることを知った。一日にたった一回の上映で、十三時三十分から、しかも明日が最終日のようだ。

七月と八月の炎熱の日々、陽が高いうちは戸外に出ない習慣がついてしまっていたが、このきわどいチャンスを逃すわけにはいかない。

「よし、明日は音楽三昧だ！」

その夜は、気持ちのどこかに花が咲いた気分で眠りについた。


スクリーンに現れたフジコは、身体全体が丸まるとした、その割には顔が大きなお婆さんだ。一年の半分以上はパリのアパートで、猫たちとピアノとアンティークの家具に囲まれて暮らしている。少女趣味とも見える髪型と服装でタバコを吸いながら話す表情には、頂上をきわめた世界的ピアニストの厳しさが漂っていた。

突然、映し出された少女時代の絵日記に驚いた。子供の絵とは思えぬ色鮮やかな細密画の下に、丁寧な美しい文字で、母親からたえず「ピアノの練習をしなさい」と命じられて反発する様子が書かれていた。母親の化粧品をそっと自分の顔に塗ってみる少女期の憧れや、戦時中、弟と二人で配給の品を受け取りに行くと、「外国人にやる配給は無い」と断られた哀しみもみごとな絵と文章で描かれていた。

現在の、等身大のフジコは、世界じゅうを行脚して演奏活動に励む老婦人だ。拍手喝采の成功裡に終わる場合もあるが、現地のピアノの調律が不十分だったり、フジコ本人の体調不良で持病の耳がよく聴こえず、オーケストラとの共演が不満足に終わる場合もある。そんなときのフジコは淡々と「いつまでこの手が動いてくれるだろうか？」と丸まった右手を差し出しながら、悲しそうだ。

もちろん、すべてのエピソードは、フジコ自身のピアノ演奏で豊かに彩られていた。六十代も後半になってようやく世界じゅうの脚光と喝采を浴びた、遅咲きのピアノ奏者は「魂のピアニスト」と呼ばれるだけに、わたしの情緒にダイレクトに働きかけてくる。

数多い曲目のなかで、何度でも聴きたい、いつまでも聴いていたい、と思わせる曲の、作曲者とタイトルを頭に銘記して映画館を出た。それらが収録されているCDを求めて、その足でＴＳＵＴＡＹＡに向かった。

「リスト作曲の『ためいき』と『ラ・カンパネラ』が入ったフジコ・ヘミングのC

Dが欲しいんですけど」

若い男性店員はパソコンを操作してしばらく探していた。

「その二曲が入ったCDは二種類有るんですが、どちらも取り寄せるのに三週間かかります」

「三週間も待たされるのはちょっと辛いかなあ……」

「レンタルはどうでしょう？　レンタルを利用したことはありませんか？」

店員はレンタルCDの棚からまさにわたしが求めるそのものの一枚を見つけ出してきた。しかも、その日が金曜日だったために、

「シニアの方は、旧作一枚かぎり七泊八日、無料でレンタルできます」


びっくりした。

三千なにがしかを支払って買うつもりで来たのに、毎週金曜日に返却とレンタルの手続きさえ繰り返せば、タダで、フジコ・ヘミングが一生涯わたしのもの？

いやいや、世の中はそんなに甘くはないはず。長期旅行や体調不良、自然災害

で、延滞料金が買うよりもずっと高くついてしまうことはあるかもしれない。悲しいことだが、わたし自身が借りてることさえ忘れてしまう日だって来ないとは限らない。いや、これが最も有りそうだから深刻だ。川沿いの道を歩いて帰途につきながら、うじうじと考えた。

「ま、どこまで行けるか、行けるところまで行ってみよっと」

最初の信号にさしかかる頃には、生来の楽観主義がにっこり顔を出した。

あれから六週間。一日一度は遮光カーテンを引き長椅子に横たわって、甘やかなフジコ・ヘミングの時間に浸っている。

書院からみた吉野山

四月の中旬、良子さんとふたり、吉野山の一目千本桜を見る旅に参加した。

中千本にある喜蔵院という寺院の宿坊に二泊して、とことん桜を楽しむ旅だけれど、彼女には桜守りのボーイフレンドがいて、わたしが誘った吉野山の花見に喜んで乗ってきてくれた。いつもひとり参加の旅が多いので、今回は連れがいるだけでもこころが弾んだ。

ツアーへの申し込みが一番早かったからか、それとも八十歳前後の老婆二人への功徳になると考えたのか、喜蔵院に着いて案内されたのは「書院」と呼ばれる部屋だった。細く暗い廊下を回ってその奥にある部屋の襖を開けた途端、思わず息をのんだ。

八畳二間続きで、二面の壁にガラス窓が大きく張られ、中千本の桜の山を正面眼下に、遠く上千本、奥千本の桜まで見渡せる贅沢ぶりだった。その上、窓のすぐ傍にも満開の山桜の古木が近景をなしていた。こんな桜三昧の僥倖がわたしの人生に用意されていたとは。

ホテルや旅館とちがってあくまでも宿坊だから、旅仲間の誰もがこの景色を楽しんでいるとは思えない。同じ旅行代金を支払っても外に向いた窓さえ無い部屋もいくつかあるようだった。

しばらくして添乗員がわたしたちの部屋を訪れたとき、もともと静かな物言いの人だとは思っていたが彼女は言葉も無く窓からの景色に見入っていた。

「この部屋割りをして下さったのは、貴方ですか？」と確かめずにはいられなかった。

「いいえ、わたしは申し込まれたお客様情報をこちらに送っただけで、部屋割りは喜蔵院の方でしてくれました」

正直な人である。そして「窓も無い部屋にお泊りのご夫妻もいたりしますから、他のお客様にこのお部屋のことはどうぞ」と唇に人差し指を縦に添えて静かに笑った。

「承知しました」

　と、わたしたちも唇に指を当てて、ほほ笑み交わした。

　四月の雲がたなびく空の下、遠く吉野杉の森を背景に薄桃色の染井吉野が今を盛りと咲き誇っていた。花と葉が同時に開く山桜の赤い葉色が混ざり合い、何千本と重なり合って山の中腹からすそ野までを埋め尽くしていた。「美しいものが見たい」と、万全とはいえない体調をおして旅に出て来たのだけれど、その欲求が満たされて感動にかわってゆくさまを体内にはっきりと感じた。

　目の至福。

　その日は、陽が落ちて暗くなるまで刻一刻と変化する空とあでやかな千本桜の色あいに見とれて過ごした。良子さんは桜守りの友人から教えてもらった桜の蘊蓄をいっぱい披露してくれた。

　遠く針葉樹の森のなかには、三重の塔と本殿らしい建物も見えた。

広間での精進料理の夕食を終えて部屋に戻ったとき、点けて出たはずの電灯が落としてあった。不審に思いながら真っ暗な部屋のなかに歩を進めて窓の外を見たら、また驚いた。昼間遥か遠くに見た三重の塔と本殿が、黒々とした森のなかに白く淡くライトアップされて仄かに浮かんで見えた。夢まぼろしの世界か。

布団を敷きに来たときにさりげなく灯りを消したにちがいない粋な計らい。

その塔と建物は、源頼朝に追われた義経と静御前が共に過ごした最後の場所といわれる吉水神社だと、翌日の自由散策のときに知った。

ところで、書院にはテレビは置いてない。なぜか不思議にエアコンのリモコンと並べて、テレビのリモコンだけは置いてある。ご愛嬌でなんか楽しい。

次の間と合わせれば三面ガラス張りの書院は、開放的過ぎる部屋でもあった。

四月の吉野山の夜はしんしんと冷え、一晩じゅうエアコンを稼働させたのに途中三度も目覚めては、リュックのなかのありったけの衣服を重ね着して眠った。

いまどきの若いお父さん

日曜日に、大型スーパーマーケットに行った。たいした買い物が有るわけではないので、カートは使わず購入カゴだけを腕にかけて入っていった。艶々とオレンジ色が輝く大ぶりのにんじんを一袋、孫とお昼に食べる太巻きのお寿司を二本、厚切りの紅塩鮭を一パック。それだけの買い物でレジに向かったが、休日のお昼近かったせいか長い行列ができていた。

カンガルー抱っこひもで赤ちゃんをお腹に抱えた若いお父さんの後ろについた。一歩ずつ前には進むがなにしろ列が長いので、買い物の重さが少しずつ腕に響いてくる。

ようやく二人前まで順番がまわってきて、商品精算のカウントが始まろうとしていた。すぐ前の若いお父さんがカートから山盛りの購入カゴを軽々と持ち上げて無造作に精算台へ移した。そのあとでチラと振り返ると、いま置いたカゴを前の人のカゴの傍に行儀よく置きなおして空間を作ってくれた。わたしは目礼して、ようやくカゴの重さから腕を解放することができた。

他人《ひと》さまの買い物を覗き見る趣味は無いのだが、色々な食品の一番上に置かれた「イベリコ豚の焼き肉弁当」の派手な文字が目を引いた。その隣には鮭や卵焼き、野菜の煮物を少しずつ盛り付けた女性好みの弁当らしきものもチラと見えた。赤ちゃんをお腹に抱っこして、夫婦の昼食を買いに出てきたのだろう。

お母さんは、週日の勤労と子育てに疲れ果てて、まだ布団のなかか？　それとも、溜まりに溜まった洗濯物と部屋の掃除に奮闘中か？

いずれにしても、黒い毛糸帽にフリースジャケットをはおり赤ちゃんを抱っこして、気軽にいま炬燵から出てきたような若いお父さんの姿が好ましかった。家族を守る若いお父さんの優しさは、後ろに並んだ見も知らぬ老婆にまでその気配りが広げられる。

お父さんのお腹に程よく温められて、赤ちゃんの眠りは深く安らかだった。

「この世は信頼に値する」とその寝顔が語っていた。

そういえば、六、七年前にも赤ちゃんを抱いた若いお父さんの労わりを受けたことがある。

その時わたしは左足を骨折して松葉杖をついていたから、もっとずっと派手だった。

つる薔薇の手入れ中に梯子から落ちた時、幸い日曜日で夫は在宅だったので、数軒先の接骨院へ運んでくれた。とりあえず、ギブスをはめられ、松葉杖を借りて帰宅し、夫に支えられてどうにか二階リビングまで上がることができた。

問題はそれから。

これまでの大半を「本の虫」として過ごしてきた身には、松葉杖体験は初めての身体的な不如意だった。調理ひとつもままならない。流し台に身体を預けるにしても、左側の杖は手放せないので、米を研ぐのも野菜を刻むのも、右手を支える左手があってのこと、とそのとき初めて知った。骨折したのは左足の甲だけだから、何とか両手を使える工夫は無いものか？　家のなかを仔細に眺めまわしたら、在った！

事務机にかくれるように、キャスター付きの椅子があるではないか。

終の棲家として建替えた家は、部屋ごとの間仕切りをできるだけ減らしてバリアフリーになっているが廊下も広めに造ってある。

キャスター付きの椅子に腰かけて右足で床を蹴りながら、縦横に居住スペースを動き回った。七十歳も過ぎたというのに、子供が新しい玩具を手に入れたのと同じだった。日頃使わない筋力を使って夜はさすがにくたびれたが、遊び疲れた子供のように健全な眠りまでも手に入れた。骨折前と同じ家事の量をこなせるとわかって、夫は翌日から何の不安もなしに仕事に出かけた。

買い置きの食材が底をついて買い物に行く必要が生じたのは、数日後。

松葉杖を階下にソーッと滑り落として、わたし自身はお尻で階段を降りた。右足さえ動けば車の運転は可能だから「何とかなる」と日頃の楽観主義に背中を押されて家を出た。

スーパーに来て初めて分かったことがある。

松葉杖をついていてはカートを押せないどころか、足を前に進めようにもカートが阻んでまったく前に出られない。一瞬戸惑って買い物を諦めようかと思ったが、空っぽの冷蔵庫が頭に浮かんだ。

週日の午前中だったので、広い店内に客の姿はまばらだった。わたしは左手に持った二本の杖と右足で身体を支え、空いた右手に渾身の力をこめて、キャベツが積み上げられた架台を目がけてカートを押し跳ばした。軽快な音で滑らかに五メートルも先の架台までカートが跳んでゆき、杖を両手に持ちかえたわたしはゆっくり歩み寄って目的のキャベツを手に入れた。

肉も、魚も、他の野菜もこのやり方でカゴに入れた。こんな乱暴なカートの扱いで買い物を進めることが出来たのは客が少ない時間帯だったから。

精算台では店の人がいち早くカートごと品物を引き取って精算を終えると、袋詰めの台まで運んでくれた。その辺りにはさすがに人の姿も多い。品物を詰めた袋をカートに戻し、さてこれをどうやって車に運び入れようかと思案する間もなく、赤ちゃんを抱いた若いお父さんが近づいてきた。たまの休日に赤ちゃんを抱いて妻の買い物に付き添ったのか、身軽な風情で立っていた。生後三・四カ月と見える赤ちゃんも力強い腕のなかで安心しきって眠っていた。

若いお父さんの空いた片方の手で、わたしの荷物は軽々と車のなかへ運び込まれた。

いまどきの若いお父さんて、ホント素敵！　もしかすると、この世で一番こころ優しい人たちではなかろうか。

三月のたけのこ

三月三十一日は火曜日だった。県内の理容美容の店では休日になる。陽が落ちてすっかり暗くなったころ、玄関のチャイムがなった。

「どなたですか?」と声をかけてモニターを見たら、毛糸帽をかぶった男のひとらしい姿が映っていた。人感センサーで点く玄灯が照らしだした顔には、見覚えがあるような無いような。

「安藤です」

隣の床屋さんらしいので、「ちょっと待ってね」と階下へ降りかけたが、踊り場で思いとどまった。

隣の床屋さんなら苗字を名のったりはしない。いつも自らを「隣の床屋さんです」と名のるひとなのだ。だいたい今日は火曜日だから、店とは別のところにある住居で家族と暮らしているので、気軽に訪ねて来たりはしない。

夫が他界して以来、保護者気分でなにかとわたしの面倒をみてくれる得難い隣人なのだが、老人をねらうアポ電や宅配便をよそおった犯罪もある世の中だから、用心に越したことはない。失礼とは思ったが、もう一度最初からやり直してモニターで確かめた。

それでも確信が持てなかったので、玄関では十センチ以上開かないようにドアをセットした。

隙間から覗いてみたら、向こうからも丸い笑顔が真剣に覗いている。肉眼で見ればまぎれもなく隣の床屋さんだった。

彼は職業柄か普段でも妙に顔を近づけて話をしたがるひとなので、このコロナ騒ぎのなかできればこのまま十センチの隙間で話を済ませたい。しかし人懐こい笑顔がそれを許してくれそうにない。何かどうしても手渡したいものがあるらしく、その説明もしたい様子の切羽つまった感じが表情から伝わってきた。玄関を開けた。

「今日は一日じゅう野山を捜しまわってこれ一本しか見つからなかったの。三月のたけのこだよ。まだ三月だからこんなに小さいけど」

しきりに三月を強調している。

「そんな貴重なものをわたしが頂くわけにはいかないでしょ」

なんども辞退したが「いやいや」とビニール袋にいれた十センチあまりの物をわたしの掌のなかに捻じ込んでくる。彼の分厚く温かい指先を感じた。

「皮をむいたら、うんと小っちゃくなっちゃうけどね」と言いながら、目的を果たして満足そうに帰って行った。

言葉どおり皮をむいたら親指の第一関節から先ぐらいになったタケノコを眺めて、さてどのようにして食べたら良いか、と考えた。アクを抜くための糠もないし、採れたてだろうからこのまま料理につかうのが良いだろうか。

今日の夕食には五十グラムのパスタが二時間前から水に浸してある。ささやかな菜園から摘んできた菜の花もすでに笊のなかにある。

新玉ねぎとウドに小さなたけのこを加え、塩麹に漬け込んでおいた豚肉と釜揚げシラスもふんだんに投入して、オリーブオイルで「春野菜のパスタ」に仕上げた。

美味しいかどうかはともかく、パルメザンチーズをたっぷり振りかければ立派なイタリアンになるはず。

フォークで皿のなかを探しながら、味わってたけのこを食べた。たった一度だけ本来のえぐ味を舌先に感じはしたが、菜の花とウドの香りにかき消されたか、三月のたけのこの存在感はきわめて薄いようだった。

どうして床屋さんが野山を駆け回って手に入れた貴重なたけのこをあれほど熱心に譲ってくれたのか、それはわたしが一人暮らしのせいだという気がした。

家族で食べるにはあまりに小さすぎたもの。

さや香はこう戦った

わたしの一番年若い孫からの年賀状には、「今年のさや香はひと味違います。応援よろしくお願いします」と、書いてあった。

受験生。しかも医学部志望。

去年の一月に、小、中学校で同級生だった少女のお母さんから、

「うちの息子を、さや香ちゃんの家庭教師に雇いませんか」と、娘に電話が入った。

優秀なお兄ちゃんがいることは常々聞いていた。千葉大の医学部に入学したものの、コロナでほとんど授業が無く毎日時間をもてあましているのだという。

「受験戦争は、高校三年から始まるのではありません。二年生の三学期がスタートです」と、保護者会で担任から発破をかけられた直後のことだった。

なんというグッドタイミング。「渡りに船」と飛び乗った。

降って湧いたような家庭教師を頼むことになり、孫娘の受験生活が始まった。

阪大の感染症学の権威、忽那医師の本を読んで深く感銘を受けた、とは聞いていた。コロナ禍の生活が孫娘にそんな本との出会いをもたらしたのだろう。

さや香は、理系クラスに籍を置いているが、思考回路は純粋文系。

数学苦手は、わたしの孫だから仕方がないが、わたしの孫にしては「でき過ぎ」だと思うのは、特殊な語学センスを持っていること。

テレビで時々韓流ドラマを見るうちに、ハングルの日常会話くらいは覚えてしまった、とことも無げに言う。小学四年から英語教室に通ったが、中学生で英検二級を取り、最近は準一級も難なく取ったようだ。

去年、新聞に発表された共通テストの問題をやってみたら「英語が九〇パーセントはできたよ」と当たり前のように言っていた。

これは凄い強みだろう。しかし理数科目が得意でなければ、医学部志望など夢のまた夢。ただし、夫が医大の教員だったわたしは、医学教育そのものが実は記憶力に頼った文系優位の学問だということは知っている。問題は、家庭教師がついたところで、理数科目をどれだけ得点できるか、いや、苦手な理数をどれだけ押し上げられるか。

かなり無謀な挑戦だと思った。

「家庭教師がついてもすぐには点数に反映されないってこと、覚悟しておきなさいよ」と娘には忠告した。

案の定、苦戦しているらしい。

お茶とお菓子を持って勉強室に入っていくと、家庭教師が「なんでそんな方向で考えるかねえ。呆れるね」と冷たく言い放つ場面を何度も見た、と娘から報告があった。

「さや香には数学のセンスが無いのよ。わたしもこれまであの子に教えてさんざん苦労してきたから、先生の苛立ちはよくわかる」と自身が理系の娘は言いながらも、「あんな言い方されたのでは、さや香が可哀そう」と母親の立場で葛藤している。

「この子は『褒めると伸びる子ですよ』と先生に伝えてみたら?」とわたしは助言したが、この手は全く上手くいかなかった。先生と言っても、たかだか二歳年上のお兄ちゃん。次回、教えに来たときには何も言えなくなってダンマリに。

「先生、いつものようにやってください。わたしいくら厳しくされても平気ですから」

さや香自身がそう言って、この問題は解決となった。

十月、医学部志望者は学年中に三十人ちかくいたのだが、模試の結果から方向転換した生徒が六、七人も出たという。帰宅して娘にその報告をしたあとで、言ったのは、「ライバルが減ったということだよね」

さや香自身が転向組に入ってもおかしくないのに、と娘は思ったという。我が子の健気さに感動しているようだった。

十一月、ポツリとつぶやいた。「わたし、ほんとうは頭悪いのかもしれない」弱音を吐いたのはその一回きりで、昼夜を通して猛勉強する姿を娘は見守り支え続けた。

十二月、後で聞いたことだが、今年度最後の模擬試験でも志望大学の合格ラインにはほど遠かった、という。

年が明けて、「今年のさや香はひと味違う。応援よろしく」の年賀状は、これまでの努力がようやく結果になって表れてきたのかと理解してわたしは喜んだが、大きな勘違いだった。むしろその言葉の主眼は「応援よろしく」のほうにあった、と後でわかった。あなたの応援が、わたしのパフォーマンスを押し上げますよ、というあのアスリート一流の物言いだったらしい。

あの子は、文系というよりむしろ体育会系だったのか。

一月十五、十六日は共通テスト。新聞には、「去年から始まった新方式の試験問題が今年はジワリと難しくなりそう」と書いてあった。雪が降らず、おだやかな晴天だったことを慰めにして、わたしからの連絡はいっさい控えていた。

祖母は息をひそめていた、といってよい。

第一日目の文系科目は予想通り快心の出来。数学に追われてほとんど勉強する時間がとれなかった「地理」でさえも、勘が当たって八十パーセントは固い、と娘からメールが来た。

次の日の理数科目の戦況を伝えるメールには、「二日目は、ボロボロ！」とあった。

料金受取人払郵便

小石川局承認

6163

差出有効期間
令和6年3月
31日まで
（期間後は切手をおはりください）

郵便はがき

112-879(

105

東京都文京区関口1-23-6

東洋出版　編集部　行

本のご注文はこのはがきをご利用ください

●ご注文の本は、小社が委託する本の宅配会社ブックサービス㈱より、1週間前後
お届けいたします。代金は、お届けの際、下記金額をお支払いください。

お支払い金額＝税込価格＋手数料305円

●電話やFAXでもご注文を承ります。

電話　03-5261-1004　　FAX　03-5261-1002

ご注文の書名	税込価格	冊　数

● 本のお届け先　※下記のご連絡先と異なる場合にご記入ください。

ふりがな
お名前　　　　お電話番号

ご住所　〒　　－

e-mail　　@

ご記入いただいた個人情報は、お問い合わせへのお返事、ご注文の商品発送、新刊・企画などのご案内以外の目的には使用いたしませ

洋出版の書籍をご購入いただき、誠にありがとうございます。
後の出版活動の参考とさせていただきますので、アンケートにご協力
ただきますよう、お願い申し上げます。

● この本の書名

● この本は、何でお知りになりましたか？（複数回答可）
1. 書店　2. 新聞広告（　　　　　新聞）　3. 書評・記事　4. 人の紹介
5. 図書室・図書館　6. ウェブ・SNS　7. その他（　　　　　）

● この本をご購入いただいた理由は何ですか？（複数回答可）
1. テーマ・タイトル　2. 著者　3. 装丁　4. 広告・書評
5. その他（　　　　　）

● 本書をお読みになったご感想をお書きください

● 今後読んでみたい書籍のテーマ・分野などありましたらお書きください

ご感想を匿名で書籍のPR等に使用させていただくことがございます。
ご了承いただけない場合は、右の□内に✓をご記入ください。　□許可しない

メッセージは、著者にお届けいたします。差し支えない範囲で下欄もご記入ください。

●ご職業　1.会社員　2.経営者　3.公務員　4.教育関係者　5.自営業　6.主婦
7.学生　8.アルバイト　9.その他（　　　　　）

●お住まいの地域

都道府県　　　市町村区　男・女　年齢　　歳

ご協力ありがとうございました。

「予想できなかったことではない。強気に挑戦し続けるもよし。ここで方向転換するもよし。この先どこに行っても困難を乗り越えていける人だ！」と、わたしは返信メールを送った。

蓋を開けてみると、自己採点の結果は思いのほかの善戦だった。「理数科目の未曽有の難化」が新聞でも報じられて理数を得点源とする多くの受験生が落ち込むなか、さや香は志望する国立大医学部の合格予想圏内に、はじめて入った。

数学担当の担任との面談では、「強気でいきなさい！」とGoサインも出た。

知力と体力のありったけの力をふり絞って、彼女は共通テストに立ち向かった。二日目の試験を終えて帰ってきたときの顔は、唇まで真っ白で、身体も一回り縮んだように見えた、と後になって娘から電話で聞いた。

消耗しつくしたのか、いつもの顔色に戻るだけでも一週間はかかった、という。

さあ、これからが本番の二次試験！

麗子の肩かけ

子どものころ「軍道」と呼んでいた桜通りの拡幅工事がはじまって久しい。五、六年か、もしかすると七、八年以上になるかもしれない。

ある日気づいたら、四つ角に平屋風の真新しい家が建っていた。漆喰風の白い壁に濃い茶色の梁組みがひときわ目をひいた。

徒歩でよく行くスーパーの帰り道、背負ったリュックのなかには、買ったばかりの三浦大根と酒粕、新鮮な冬キャベツが丸ごと入っていた。

桜通りは車がひっきりなしに行き交うから、梁組みだけを見せた家の西側には、明りとりの小窓一つもつけない潔さ。「騒音も西陽も一切お断り！」という建て主の強い意志が目に見えるようだった。

信号が変わり道を渡って家の前に立つと、南側がさらに見事だった。

道から一メートル近く高いところに建てられて、玄関へのアプローチには階段とスロープの両方が用意されていた。

大谷石の階段は道から四段ほど登り、コンクリート製のスロープは車椅子が必要になるときを見据えているのだろう。小さな空間だが階段の脇に花壇が有るのは、建て主がまだスロープを必要としていないことの証だろうか。いや、手摺まで付いているから、思慮深く高齢な建て主の姿が思い浮かぶ。

雨戸の替りに家の南面に張られた「糸屋格子」がとりわけ美しかった。京町家でよく見かける黒っぽい格子戸が、白い外壁によく映えていた。

糸を商う店では色目のちがいが良くわかるように光を室内に誘い込む、この格子戸を用いたからその名がついたという。すなわち親格子の間に、上部が一尺短い子格子を二本挟む造りで、採光と防犯の目的を同時に満たしている。アルミサッシの外側に糸屋格子を取り付けたことで、雨戸やシャッターには無い軽やかさと美しさが生まれていた。

背中のリュックの重さを忘れて、しばし立ち止まって見入った。

他人さまの家をこんなふうに正面から観察したことは、かつてない。もっと見たくて、家のなかに人影がないのを良いことに、スロープの手摺近くまで寄って眺めた。

広めの廊下にゆったり座れる籐椅子を道路に向かってしつらえていた。

椅子の背もたれに何気なくかけられた毛糸の編み物が、わたしの好奇心をかきたてた。

それは、戦前の女性たちが余り毛糸や着古した家族のセーターを丹念にほどいて市松模様に編み直した厚手の布のようなもの。どこかで見たことがある懐かしさと「始末するこころ」のいじらしさをひしひしと伝える編み物だった。

胸のなかにさやさやと吹くこの懐かしさはいったい何処からくるのか？　これまでわたしはどこでそれを見たのだろう。子どものころの我が家にあったという記憶は無い。本当に無いのだろうか。

思い出した。麗子の肩かけだ。

岸田劉生は、愛娘の麗子をモデルに沢山の油絵を残した。周囲から「劉生の首狩り」と呼ばれるほど家族や友人知人の肖像画を多数描いたのは、貧しくてモデルを雇えなかったから、と聞いている。

数多い人物画のなかには「画家の妻」という作品や、妻の「手」だけを描いたのもあって、しっかりと清貧の夫を支える表情を滲ませた女性だった。

とくに作品数が多いのは「麗子像」。

無理やり遊びをやめさせてキャンバスの前に座らせたような、幼い麗子像もあれば、赤い着物に身を包み不思議な微笑をまとった十歳ぐらいの麗子像もある。

美術評論家の高階秀爾が「麗子像のアルカイック・スマイルはダ・ヴィンチのモナリザにも匹敵する」と述べているのをどこかで読んだ覚えがある。

それは、画家の娘に生まれ、納得してモデルを務める少女の「覚悟」みたいなものだったろうか。否、それ以上の深みと素朴さと、言葉では表せない何かを感じさせる微笑みだった。

赤い着物も、その上に羽織っていた市松模様の毛糸の肩かけも、「画家の妻」である母の手作りだっただろう。つましく温かい劉生の家族像が仄見えた。

月に一度、職場に届けられる画集を自転車の荷台に括り付けて、父がニコニコと帰宅する日があった。戦後初めて出版されるようになったカラーの画集の豪華版だった。家族みんながその日を楽しみにしていた。当時、中学生だったわたしはくりかえし眺めては、青木繁や藤島武二の作品に親しんだ。なかでも劉生の麗子像にはひときわ心を惹かれていた。

モナリザの微笑に並び称された、赤い着物姿の麗子が肩にかけていたのが、いま、新築の家の籐椅子にさりげなく広げられた毛糸の編み物だ。

それは、通りかかった顔見知りを呼び止めて、いっときのお喋りを楽しむ「老後の暮らし」にはうってつけの品。肩にかければ冷えやすい背中をそっと温め、膝にかければ痛む両足をほっこり包んでくれるだろう。

この家の建て主はいったいどんな人なのか、ひと目会ってみたい。

その後何度も足を運んだけれど、奥で荷物の整理に手をとられているのか、四か月経ったいまもその人にはまだ会えない。

くちなしの白い花が、階段わきの小さな花壇で香気を放ちはじめた。

（２０２１年第七十五回栃木県芸術祭「文芸賞」）

孫息子のキャベツ

支えられて浮いている

高校の後輩で、何かと理由をつくっては会いに来てくれる久子さんに、「地方新聞を取らなきゃダメよ」、と常々言われてきた。

彼女は市役所に停年まで勤め、いまも「宇都宮市広報アンバサダー」と自ら名のるだけあって、地元のことは何でも知っているうえに、きわめて顔が広い。

先日も、久しぶりに地元紙の一部を持ってやって来た。それには総合文化センターで開かれるフジコ・ヘミングのピアノリサイタルの広告が載っていた。

「S席チケット一枚！」

フジコへの条件反射みたいに注文した。

彼女はすぐにポケットからスマホを取り出して、知り合いの誰かといろいろ話し始めた。チケットが発売されてから時間も経っているので、すでに完売しているようだった。それでも、その人に頼めば必ず手に入ると信じているらしい様子が、い

かにも頼もしかった。スマホでのやりとりを眺めながら、
〈そういえば今年に入って映画も音楽会も演劇もなにひとつ観てないなあ〉
コロナに怯えて文化的なことからすっかり遠ざかってきたこの十か月余りの時間を振り返っていた。
わたしの関心をこころに留めおいて、情報と人脈リストまで携えて来てくれる友だった。

次女の家族とわたしの車でドライブしたとき、

「お義母さん、そろそろタイヤ交換の時期ですね」と、運転していた娘婿に言われたのは、去年の夏だから一年半も前になる。

「そうかもねえ」、と上の空で聞き流していた。

同じことは、ガソリンスタンドで高速道路に乗る前の空気点検の際にも何度か言われた気がする。

それでも「タイヤ交換」という言葉は意識に定着しなかった。わたしの脳がよう

やく認識したのは浦和に住む次女から電話がかかってきた時だった。

「インターネットで、タイヤが安く買えるから買っておいてあげようか?」

〈娘も気になっていたのか……〉とはじめて気がついた。遅まきながらその時点で頭のなかが高速回転を始めて、ある答えを導きだした。

「気をつかわせてすまなかったねえ。今度こそ動き出してみるよ。ディーラー社員の広川さんにはしばらくご無沙汰だから、この際、連絡してみることにしよう。『高くても自動車購入時のタイヤをつけなさい』って、テレビでいってた気がするから」

次女からの電話が無ければ、まだ事の重大さには気づかなかっただろう。


さっそくディーラーに電話を入れた。

「タイヤを取り寄せるのに一週間ぐらいはかかりますが、ヨコハマでも、BSでも、どちらでもお望みのタイヤをつけますよ」

〈アレ? 《車購入時のタイヤ》っていったい何だろう。ディーラーなら即座に答えてくれると思ったのに。こだわらなくてもいいのかな……〉

一瞬の空白の後、

「BSというのはブリジストンのことですか?」と聞いてみた。

「そういえば、お宅のお嬢さんはブリジストンにお勤めでしたよね。社員割引制度が使えるのではありませんか?」と、広川さんが言うではないか。

たしかに、長女はブリジストンに勤めている。いわゆる「バリキャリ」の長女とは「遊び時間」を共有できないせいか、勤務先と社員割引制度のことをすっかり忘れていた。

長女のことを他人さまに思い出させてもらって、犬が尻尾を巻き込むような気持ちで電話を切った。

だいじな家族のことを、商売抜きで教えてくれるディーラーだった。

長女の帰宅時間を見はからって、携帯で事のてん末を話した。

さっそく仕事が休みの日に彼女は社員割引証を家まで届けてくれた。久しぶりに駅前に住む長女の顔をみてゆっくり話ができる絶好のチャンスだったのに、わたしはそのとき家にいなかった。

フジコ・ヘミングのコンサートの席で、ひとり甘美な時間に浸っていた。帰り道も、ピアノの華やかな連打音が耳の底で鳴り響いて余韻が身体じゅうを駆け巡っていた。

家に着くと社員割引のそれが郵便受けにひとり寂しげに入っていた。仕事に追われる日常のなかの貴重な休日だったはずなのに、「忘れていた」ことといい、娘に申し訳ない気持ちがゾワゾワと胃のあたりに広がった。

まわりのみんなが手を差し伸べて、沈まず浮かんでいられるわたしだった。

「老い」は識らぬまに忍び寄るらしい。

マスクのなかの声

まだ若かったころ、電話でのわたしの声を評して「うぐいすが味醂を舐めたような声」と言った人がいた。

お世辞が過ぎるようだけど悪い気はしなかったし、何よりも表現が面白かったので、今でも忘れずにいる。子どものころは家族のあいだで「ドラ声の佳子ちゃん」と言われたこともあるから、電話機を通すとそんなにも声の質は変わるのだろうか、と半信半疑だった。いま考えると、その人は声の美しさと物言いの丁寧さを混同したにちがいない。

どちらにしたところで、遠いとおい昔のこと。

年齢を重ねるにつれて、声帯は痩せて声はハリを失いますます低くなって、最近、何度も聞き返されることが多くなった。他人さまには聴き取りにくい声質らしい。

言いたいことを相手に伝えるためには、よほど喉に伝える意思と力を込めた発声が必要になるので、黙って笑顔でやりすごす場面が年々増えてきた。

マスク無しでは屋外にも出られず、人が訪ねて来ても慌ててマスクをつける昨近、わたしの無言癖は日に日に色濃くなっていく。ワクチン接種が終わっても、気持ちは休まらず、不織布マスクと布マスクを二つ同時にかける日常は変わらない。マスクの二重掛けで、ひとと話す意欲はさらに奪われた。話しても、どうせ他人さまの耳には届かないという思いが、どんどん膨らんでくる。

そうでなくても年々声帯の衰えが著しいのに、最小限の発声ですましてしまうのは果たして正しいのだろうか。言いたいことが無くなったのではなく、相手に伝える努力が面倒だから言わないという姿勢は、最近、わたしの社会性にまで影響してきた気配。

日常のどこかではこころのバランスをとっているから、気づけば、これが意外に柄が悪い。瞬間的なむき出しの気持ちが小鬼のように唇を飛び出して、マスクのなかでクルッと逆立ちして消えていく。

二荒山神社前のスクランブル交差点は、信号機を新しくしたのか、歩行者への注意コメントの音量がやたらと大きくて、丁寧に何度も繰り返される。

「まもなく信号が赤に変わります。横断をやめてください！」

渡りきれない交差点で、はっきりしつこく言われると、わたしのなかの不良少女がさっそくあげ足を取る。

「え、横断やめてここで立ち止まってた方が良いの？」

誰にも聞こえないと思ったのに、すぐ横を自転車で追い越して行った若者が振り向きざまにニヤッと笑った。聞かれてしまったのは確かだろう。

「ばあさん、危ないぜ！」の苦笑いだったか、それとも共感の微笑みだったかは、判然としない。

昨夜は散歩をしていたら、ギーカーギーカー耳障りな音を派手に振りまきながら、自転車で家路を急ぐらしい女性に出会った。ほとんど無音の生活に馴れたわたしの耳に苦痛が走った。すれ違ったあとも錆びた金属の摩擦音が大きく鳴り響いて、街なかの夜を汚していた。

「自転車に油ぐらい注《さ》しときな！」

マスクのなかで思わず怒鳴っていた。

縁もゆかりもない人だけど、その人の二十四時間を想像してみるのはそんなに難しいことではない。

夜七時も半ば過ぎ、ようやく仕事が終わり、食材を買って家族のもとへ急ぐ。家に辿り着けばエプロンをかける間もなく、お腹をすかして待つ家族の食事作り。もちろん彼女だって空腹だから一刻も早く食べられる簡単なもの。お腹を満たしホッとしたのもつかの間、風呂掃除が待っている。風呂が沸き、子供たちに入るようすすめるけれど、小中学生はなかなか言うことをきかない。そのあいだにも食器洗いにシンクの掃除、ゴミ出し、まな板と布巾の消毒に明日の朝食の準備、と夜の仕事だけでも果てしなく続く。

その人に家事の協力者がいるかどうかは知らない。家と職場を往復するだけの自転車に、油を注す時間など一日のなかのどこにも見つけられない。

自転車がけたたましく軋む音は、こんな日々の暮らしからの悲鳴だったかもしれないのに……

わたしのこころ無い声が二重マスクのなかで消えて、ひたむきにペダルを漕ぐ人の耳には届かなかった、とせめてそう思いたい。

コスモスが揺れて

南側のベランダで、黄花コスモスが二つ咲いた。

無数のつぼみが細い茎の先で風に揺れている姿だけは、この一か月余りずっと眺めてきたが、昨日までは咲く気配がまったくなかった。

「なかなか咲かないもんだねえ……毎日雨ばっかりだものねえ」

不満をいったり、同情したり、液肥をやったり、雑草をとり除いたり。行きつけの乾物屋で買い物したときサービスで貰った種をプランターに蒔いておいた。

いったん咲いたとなると、オレンジ色が硝子戸の外からレースのカーテン越しに、咲いたよ、咲いたよ、と誇らしげにわたしを呼ぶのが見える。

ベランダに出て、咲いたばかりの二つの花をみると、これ以上咲けないくらい花びらが開ききっている。薔薇のように蕾から花へ、そしてしどけなくゆるんで散りゆくまでの途中経過というものがまったく無い。明日には散ってしまうのではなかろうかと心配になった。

翌日、さらに二個咲いて四個になった。散らなかったのは良いが、驚いたことに花びらの数が決まっていない。八枚もあれば九枚もあり十一枚、十三枚もある。桜や梅のように五枚なら五枚と、順法性に欠けるのはまるで非行少女のようではないか。そのうえ、固い蕾の期間がやたらと長くて「思わせぶり」なこともこのうえない。

一週間ほど留守にして帰ってきたら、プランターのなかが黄花コスモスで溢れかえっていた。


コスモスがやさしく揺れて死ねないよ　　詠みひと知らず

誰かに教えてもらった俳句だけれど、妙にこころを揺さぶる一句だから忘れられない。この場合のコスモスは、初秋に咲く白やピンクや赤紫の花が混ざり合った従来の品種だろう。

黄花コスモスは、やさしく揺れて悲しむ人のこころをこの世につなぎとめる情趣とはまるで無縁だから、ひたすら明るく騒がしい揺れかたとしか言いようがない。

旅行案内で、一面のコスモス畑を観賞する旅を見つけたりすると、つい申し込んでしまうのだが、行った先で、それが黄花コスモスとわかったときの落胆は思いのほかに大きいのだ。


夫と旅行した不老不死温泉の帰途に見た、コスモス畑の美しさはいまも瞼のうらにはっきり残っている。

早朝に雨でも降ったのか露を含んで色とりどりの花が細い茎のうえで、新鮮な朝の光を受けてキラキラ、サヤサヤと揺れていた。線路の向こうの一段高いところに花畑が広がって、わたしたちは下の広場から見上げていた。

あのひょうたん型の濁り湯のなかから風と波の音を聞きながら眺めた夕陽と、海面を照らしていた光の束。わたしたちを東京から最寄り駅まで運んでくれた五能線のなんとも愛らしいアカゲラ号の列車。途中の海面スレスレを走るときには徐行して真っ青な海をたっぷりみせてくれた運転手の気遣い。どこかの駅では車両の切り離し作業のあいだ、ホームのはずれに設えたバスケットボールのゴールに球を投げ入れて遊ばせてくれた「おもてなし」感たっぷりの旅だった。

どの趣向や景色も珍しくて十分に楽しんだ旅行だったけれど、わたしにとって圧巻だったのは期せずして帰途に眺めたコスモス畑の美しさだった。


うす桃色に輝く透きとおった絹の布が、ある部分は白く、ある部分は色濃く、光と風にあおられて戯れていた。

こんなに清らかで優美なものを、いま、わたしたちは見ている！　澄みきった空気のなかでさざ波のように寄せてくる感動が細胞の隅々にまで染みわたった。

夫は、といえば深浦の駅前広場の常軌を逸した広さに、すっかり気持ちを持っていかれた様子だった。

「この広場は設計を間違えているよ。僕ならこんなふうにはしないな。こちらの建物と向こうの建物の間に距離があり過ぎると思わないかい？　どうみても遠すぎるじゃないか……うん、やっぱり設計ミスだよ」

〈東京と東北では広さの感覚がきっと違うのよ。夏には地元のみんながこの広場に集まってきて盛大に盆踊りでもするんでしょ。

ねえ、そんなことよりどうしてあの綺麗なコスモス畑を見ないの？〉

わたしの同意を求めていたかもしれないが黙って思っていただけだから、夫の声は煙のようにいつまでも広場に漂っていた。

コスモスが揺れて、おたがいに最後が寂しい旅になった。

お茶は濁さない

わたしの朝は遅い。共に暮らしている孫息子は買い置きの冷凍パスタを食べて出勤した後なので、目覚めと同時にバタバタする必要はない。栄養を充分に考えた弁当と夕食を供する替わりに、八十歳を過ぎたわたしに与えられた朝の貴重な時間。

寝起きの朦朧とした状態で寝室の扉を開けたわたしが最初にするモーニング・ルーティンは、朝の茶事。

まず、二女が贈ってくれたラッセル・ホブスのケトルでお湯を沸かし、湯冷ましとして長年愛用している南部鉄器の急須に沸騰した湯を注ぐ。蓋を外した、鉄瓶ならぬ鉄の急須を湯冷まし代わりに使う人は少ないと思うが、湯温がよく下がるうえに、わたしのなかでは不足しがちな鉄分補給を兼ねている。程よく冷めた湯を茶碗に注いでさらに温度を下げ、万古焼の小ぶりな急須のなかでたっぷりの茶葉と出会わせる。
待つことしばし……。お気に入りの湯飲みはふっくらとした白い清水焼。
急須で丁寧に淹れた煎茶の甘みと旨みについて、何かを言う必要があるだろうか。
日本人ならわかる人はわかっている。

子どもの頃、家族が夕食を食べ終わるのを見計らって台所から薬缶を持ってきた
母はよく言ったものだ。
「お父さん、お茶を淹れてくださいな。お父さんがやるとなぜか美味しいから」
家族のことでも他人のことでも滅多に人を褒めない母は、父が淹れた味だけは手
放しで認めていた。
どんな手順だったかは覚えていないが、父は家族みんなの飯茶碗を自分の前に集
め、かなりの時間をかけて急須から注ぎ分けていた。それぞれの前に戻された茶碗
から黄色く澄んだ液体を飲み干して、その日の夕食を終えるのがわが家の習わし
だった。

朝ご飯の後にも同じことが繰り返された。

「朝茶はその日の難を逃れる」というのが父の口癖で、どんなに登校時間が迫っていても、宿題が気になっていても、飲まずに食卓を離れることは許されなかった。

こんな日々の繰り返しで、わたしは日本茶の味と香りを身体の真底から覚えたのだろう。


結婚相手は、代々教育者の家庭に育ったひとだった。祖母も母もいわゆる「ガッコのセンセ」で朝は忙しい身だから、夕食後はともかく、朝食後のお茶まではこだわらなかったと推測する。

「『朝茶はその日の難を逃れる』というのよ。お願いだから一口だけでも飲んでいってちょうだい！」

湯飲み茶わんを手に玄関まで追いかけるわたしに、朝一番で家を出る夫は靴を履きながら困った顔で飲んでいた。たいがいは熱すぎて迷惑だったにちがいない。充分に冷ましてゆっくり飲める時間のゆとりまで考えて、早起きできない妻だった。

よく我慢してくれたと思う。

同居の姑に対してさすがにそこまではしなかったが、二人の娘に対しては当然、やるべきようにやった。


四十代から五十代にかけて、研修会や学会など人が多く集まるなかで茶を淹れる機会が頻繁にあった。わたしが淹れたのを誰もが「ホオッ！」と肩の力を抜いて味わっている姿をよく目にしていた。

〈急須に茶葉を入れて熱い湯を注げばすなわちお茶になる、と思っているひとに、この味と香りは出せないのよ〉

〈安い茶葉だって、淹れ方ひとつで変わるんだから〉

たった一杯で癒されているみんなの様子を眺めながら、内心では秘かに親指を立てていた。

「楡木さんが淹れるとどうして美味しくなっちゃうの？」

不思議だと言わんばかりに違いを言語化できるひともなかにはいた。

「さあ、どうしてでしょうね」

わたしはただ笑っていた。


今朝も寝ぼけ眼で起きてきたわたしは、いつものようにラッセル・ホブスに水を汲みスイッチを入れて、昨夜きれいに洗っておいた急須のなかを覗き込む。

「あ、今日も飲んでいったのね」

最近、孫息子は冷凍パスタをチンして食べた後に、誰に言われなくても緑茶を淹れて飲んでから出かけるようになった。

わたしが飲めるのが一煎目でないのは残念だけど、それは「良し」としよう。

母親である勤務医の長女は、朝どんなに忙しくても、ティーバッグやペットボトルで家族の「お茶を濁した」りはしなかったらしい。その証拠に、孫息子が朝茶を飲んで出勤したことが、急須のなかを見ればはっきりとわかる。

お茶にまつわる家族の系譜はちゃんと孫が引き継いでくれた。そう思うとなんだか胸のあたりが温かくなってくる。

重い扉を押しあけて

ものつくり大学から封書が届いた。

浦和に住む娘がこの春から入学することになっている埼玉県の私立大だ。何を作るのか知らないが、もともと国立大の工学部を出た娘だから、わたしのなかでは「ものつくり」という言葉に初めから違和感はなかった。

去年の暮、入学試験に合格したという報せがきたあと、保証人の欄に署名捺印して送り返した記憶もあるので、「いよいよ入学式かな？」と思いながら封を切った桜の開花の季節。

入学式もさることながら、学生生活を始めるにあたって買い揃えなければならない実習用の工具類や作業服の案内が中心の内容だった。

ノコギリ、カンナ、さしがね、墨壺……。

「わたしの娘は五十歳を過ぎて『大工さん』になるのか？」と思わず笑いがこぼれた。

わが家では、小学四年生の娘の発案と創意工夫で、「トイレの電気消し忘れ問題」が解決したことがあった。いまでこそ人感センサーを備えた照明器具はあたりまえだが、四十年前、世の中にそんなものはなかった。

家族みんなで暮れの大掃除を始めると、「風呂場の足ふきマットを新調しよう」とか、「浴槽洗いの洗剤が切れているから買ってくるよ」と言って、夫は、娘を連れてよく地元のホームセンターへ出かけて行った。

「住まい」の総合デパートであるその店に行ったら最後、二人は日が暮れるまで帰って来なかった。どうやらそこは、父娘にとって問題解決のひらめきやアイディアがひしめく宝庫だったらしい。「ああでもない」「こうでもない」と話しあって時を過ごす、この上なく楽しいテーマパークでもあっただろう。

必要な部材を調達して帰ってくると、トイレのドアの開閉と連動させた、電球の点灯と消灯の仕組みを父娘で創り上げた。小さな発明がひとつ実った瞬間だった。

そんな娘が、今年の一月と二月を猛勉強で過ごしていた。

合格通知のあとで入学手続きに行ったとき、教務課のひとに学費免除の試験を受けるようつよく奨められた。年間の授業料だけで八十五万円、四年間では三百四十万円にもなる。

娘からその話を聞いたとき、「それはやるっきゃないでしょ！」とわたしは発破をかけた。

数学、英語、国語の試験で、その点数によって、全額免除と半額免除とに分かれるらしい。もちろん、免除が受けられない場合だってある。

高校三年の受験生さながら、ひたすら勉強していた。去年、大学受験のために孫娘が使っていた分厚い参考書や辞典類を、今年は娘が使っている。電話してもピリピリしているので、わたしのほうからはいっさい近寄るのを控えていた。

試験の前日に向こうから電話がかかってきて、久しぶりに話をした。

「大丈夫。あなたは自分で思ってるよりずっとお利口だから、自信をもちな！」

励まして送りだした試験は、「あそこの点数をおとした」「ここをミスった」とボヤキながらも必死の努力がちゃんと実って、全額免除をかち取った。

「よくやったねえ！」

わたしは浦和に赴いて娘の頭を撫でなでした。


ものつくり大学から届いた封書には、講義や実習時に着る作業服の案内もあった。四年間の着用に耐える、夏用と冬用の堅牢な上下服らしい。

数年前に二宮和也が演じた「フリーター家を買う」のドラマで、「香里奈が着ていたような服だろうか」とイメージして、電話で娘に問うた。

「ああ、あの現場監督の役ね。じゃあ、わたしも髪を伸ばさなきゃね」

あいかわらず、とぼけたことを言っていた。娘もわたしも内心では、若い学生たちに混ざってはたして体力がついていけるのか、不安を胸の奥に抱えていた。

「入学式は四月五日らしいけど、行ってみようかな」

「え？　来てくれるの？　それは嬉しいなあ」

「五十代の新入生と八十代の保証人。周囲からはけっこう浮くよね」

「浮きまくり、まちがいないね」

電話のむこうで笑っている。

重い扉を押しあけて、夢である日本古来の建築の良さを活かした「いま」を生きぬく住まいをつくる日が、いつ来るのだろうか。

楽器の仲介者

近所に住む正子さんが困っていた。地元の老人たちが月に一度集まっておしゃべりを楽しむサロンでのこと。

「誰か三味線を貰ってくれる人はいないかしら？」

みんな首をかしげて考えたが誰一人「はい」と答えられる者はいなかった。なかなか伝統的な楽器だから、優雅に三味線をたしなむ本人はおろか、知人の心当たりさえ滅多にいるものではない。

わたしにはたった一人だけ思い当たる人がいた。

半世紀以上にわたるお付き合いの加寿子さんだ。

彼女は毎年秋に「長唄の発表会がある」といって我が家の郵便受けにプログラムを入れておいてくれる。「プログラムだけでなく、あなたが謡う長唄の意味も知りたいから歌詞も一緒に届けてよ」とお願いしたこともあった。

もちろん毎年観に行って、「年々、上手くなっちゃってるじゃないの」なんて、感想を述べてくるのが常だった。

長い付き合いのなかでは「一緒に長唄を習わないか」と誘われて、いっときは「鼓を打ってみたい」と本気で思った時期もあった。でも「古典芸能の世界は、わたしのような庶民が近づける場所ではない」との理性が働いて、観賞する側にとどまった経緯もわたしにはある。彼女のお稽古仲間はみな医師や実業家の奥様たちだった。

下の娘が幼稚園受験のときに父兄としてたまたま隣り合って座った、という縁がもとで培った友人関係は、太くもなく細くもなく、折々にお互いを大切に思って続いてきた間柄だった。

加寿子さんに電話で確かめると、「もちろんわたしは持ってるけど、お師匠さんのお稽古場に一棹置いておくのに良いかもしれない」との返事だった。

「三味線を持たずにお稽古に来る人もいるの？」

「職場の帰りに立ち寄るとか、習い始めでまだ買ってないとか」

わたし自身はピアノで「猫踏んじゃった」も弾けないほどの不調法者だけど、楽器とその持ち主との関係が如何に緊密なものかぐらいは想像ができる。楽器を預かるために正子さんの家に行ったとき、何故それを手放すのか謂れを訊いた。

「頭のいい妹だったのよ」

楽器の持ち主は彼女の妹で、司書として県内各地の学校で停年まで働き、結婚もしていないので熱心に三味線を習いつづけてきたけれど、年老いて認知症になり施設に入った、ということだった。

しかも楽器は布の袋に入ったものと長方形のケースに入ったものと二棹も有った。

持ち主の寂しかったかもしれない人生を思うと、右から左へと軽い気持ちで楽器を仲介することはできない気がした。だから加寿子さんの家に届けに行ったときも番号を記した紙を添えて「正子さんに電話してあげてね」と頼んだ。

加寿子さんもその辺りの気持ちをよく理解して、どういう場所で楽器が活きるのかを「詳しく電話で説明してくれた」と後になって正子さんから報告があった。

それのみか、「来週の金曜日がお稽古の日だから楡木さんも一緒に来てみない？ 稽古場がどんな所か、お師匠さんがどんな人か、知りたくなぁい？」と誘ってくれた。

そこまでしなくてもという気もしたが、「最後まで見届けてきちんと正子さんに伝えてあげたい」思いは、わたしのなかにも確かにあった。

仲介するだけだから、預かった楽器を紐解いて確かめたりはしていなかった。

稽古場では、三味線と長唄のお師匠さん二人がはじめて布の袋から楽器を取り出して、わたしたちもそれを眺めることになった。

皮が二枚ともはがれていた。長い間使わずにいるとよくあることらしい。

もう一つのケースに入れられたほうはたいそう大切にしまわれていたようだったが、少し大振りで長唄用ではないとのことだった。たぶん地唄とか民謡に使うのではなかろうか、とあれこれ知り合いを思い浮かべて話し合っているが、お師匠さんたちの人脈をもってしても見つからない様子だった。

けっきょく二棹の三味線は正子さんの元に戻された。

楽器の仲介者なんて柄にもないことをしようとして失敗に終わったけれど、加寿子さんへの友情は明らかに深まった気がする。

雨の日の買い物

客の取りこぼしが無いよう、路地に面していくつも口を開けた浦和の伊勢丹に足を踏み入れたのは、急に激しさを増した雨足を避けるためだった。ぐっしょり濡れた傘を備え付けのビニール袋に押し込んで、最初に目に飛び込んできたのは、一枚の油絵だった。

上下とも黄色い服を着たミュージシャンが渾身の力をこめてトロンボーンを吹く姿が描かれていた。

タイトルは「フィナーレ」。十号の大きさだった。丸めた背中やつま先立ちした足裏、微かなズボンの裾の揺らぎが、身体の隅々にまで奏者の力がみなぎっていると訴えていた。絵筆ではなくペインティング・ナイフを用いた筆致には、一瞬の迷いもためらいも見られなかった。勢いに満ちた油絵具の光沢が、フィナーレを力強く飾りたいトロンボーン奏者の情熱を余すところなく表現していた。

命の輝きをキャンバスに描きとめたい画家の気迫も見てとれた。「奏者と画家の生命が呼応して完全燃焼している」とわたしは感じた。

一方背景として、黒と灰色と茶色で抑え目に描かれた激しく踊る人影が、アップテンポな曲だと暗示していた。そこはパリのレストランなのか、それともキャバレーなのか？　十九世紀末のモンマルトルの夜を連想させて、後期印象派の画家ロートレックに一脈通じる小粋さがあった。

わたしに美術品を正しく鑑賞する「目」があるのかどうかは知らない。名前を聞いたこともないフランスの画家だが、すごい技量だと感じないではいられなかった。

〈欲しいなあ……〉

心のなかで呟いた。音楽も絵画も運動もまるで駄目なわたしだけれど、できることならこんなふうに完全燃焼して生きる瞬間が自分にも欲しいと切に思った。娘たちや孫たちにもそんな瞬間を生きてほしい、と伝えたかった。

改めて周囲を見回して分ったことは、東京の美術商がデパートの一廓を借りてギャラリーを開設しているのだった。ざっと見て三十点余りの国内外の作品を展示していた。

気持ちを落ち着かせるために、展示された絵の周りをグルッと巡ってみた。

六号ぐらいの棟方志功や東郷青児に百万円を優に超す値段がついていることがわかった。国内での知名度が値段に強く反映するらしいこともわかった。

だが、それらの作品にわたしのこころは無言だった。この黄色い服を着たトロンボニストから伝わってくる感動に値段をつけるなら、五十万円としても決して高くはない。むしろ安いくらいだ。

さっそく近寄って来た営業の女性が画家の出自や受賞歴を熱心に話してくれたが、こころはすでに決まっていた。

「買おうかしら」

傍にいる娘の意見を問うでもなく声に出して言った。

カードでの支払いや配送手続きの事務的なこと一切が終わって、ふたたび路上に出た。

デパートに入る前より雨は少し小降りになっていた。

水溜りを避けるようさりげなく差し出してくれる娘の手につかまりながら、ようやく現実に戻って預金通帳の残高を思い浮かべた。

「あーあ、清水の舞台から飛び降りちゃった」

「かるーく、飛んじゃったよねえ」と、からかうように娘が言った。

明日から余儀なくされる節約三昧の日々は、相当長くなりそうだ。

卵が三十個

わたしが得意なのは、ただ焼くだけのステーキとだし巻き卵。

歳を重ねるとどうしても蛋白質を取るのが疎かになるから、意識して食べようと気を付けているうちに、この二つがわたしの得意料理にランク・インした。

特に、肉に塩コショウして焼くだけのステーキなんか、料理と呼ぶのさえはばかられる簡単さ。

フライパンにオリーブオイルとつぶしたニンニクを加えて火にかけ、匂いが立ってきたら、にんにくは焦げないように隅に寄せて、強火にした鍋が充分に熱くなったところで塩コショウした肉を投入。じっくり三分焼いたら裏返して、蓋をして一分半。

そのあいだにアルミ箔を広げて待つ。トングで肉を取りだしたらアルミ箔でしっかり包み、さらにタオルでくるんで余熱を肉にしみ込ませる。たったこれだけでミディアム・レアのステーキができる。

ソースは、冷蔵庫を覗き込んでガサゴソするうちに、自然に組みあがる。醤油とバルサミコ酢をベースにして、ショウガやラッキョの微塵切り、さらに大根おろしやチルド室の奥からピョンと出てきた細い唐辛子の醤油漬けを刻んで加えることもある。

要するに、冷蔵庫に「有るもの」でステーキ・ソースはできあがる。

良い肉ならばその旨味だけで充分いけるので、ソースにこだわることはない。とはいえ、A5ランクの和牛などは脂肪が多すぎて消化できないからわたしは遠慮したい。

赤身のオージー・ビーフをもっぱら頼りにしている。トモサンカクとかカイノミとか、部位を選べば安くて美味しい出会いが期待できる。年若い孫と年老いたわたしは、二対一の比率でこれをいただく。いや、三対一かもしれない。

同じ焼くだけでも、だし巻き卵の場合はすこし違う。

こちらは肉とは対照的に、和食特有の繊細さが求められる。たっぷり十五分間はＩＨの前に張り付いて、相手との対話が必要になる。火のとおり具合を見て菜箸でかき混ぜたり、巻いたり、クルリと返したり、片側に寄せたり、油をしみ込ませた脱脂綿で鍋底を撫でたり、卵液を継ぎ足したり、焼けた部分の下に流し入れたり、火加減の調節をしたり、やるべき作業は多くて、一瞬の気のゆるみも許されない。

一度に四個ないし五個の卵を使うが、こんな緊張感の末にほんのり焼き目がついたふんわり黄金色に輝くだし巻き卵ができあがると、思わずガッツポーズになる。

満ち足りた幸福感をおぼえるひとときだ。

わたしが食べるのは、自分へのご褒美に、三つに切り分けた真ん中の二センチだけ。両脇の五センチ分は二日に分けて孫息子のドカ弁に入れる。

ステーキは、肉さえあれば何時でも簡単に作れるが、だし巻き卵は弁当用だから、夜の仕事がすべて終わった寝る前の時間帯につくる。できれば、気力体力が充実して時間に余裕があるときに作りたい。

ヘロヘロに疲れて卵を焼かずに夜が終わってしまう日が、二週間続いた。

なんだか、わたしの身体が卵焼きを求めている。食べるのはほんの僅かなのに、だし巻き卵の色と形と味と匂いが目の前にチラついて、買い物に行く度に卵のパックを無意識にカートに入れていた。

気づいたら、冷蔵庫に三十個の卵が貯まっていた。

賞味期限の順に卵パックを並べて、無駄なく食べきるにはどうすれば良いか、と考えた。買い置きの豆腐とゴーヤも「早く食べなよー」と野菜室でうなっている。

先ずはゴーヤチャンプルーといこう。たまにはオイスター・ソースでなく梅味にしてみるのはどうだろう。豚肉ひかえめで、たっぷりの鰹節とシラス干しに舞茸も加えて旨味を出そう。香味野菜には茗荷が合うだろう。卵を六個使って、大粒の種抜き梅干しを指で千切って四個入れた。とろーり透明な梅干しのエキスもゴムベラで残らず入れた。

味見したら、梅味が勝ち過ぎたようだ。卵をさらに四個追加した。旨味が溶け出した汁を卵にしっかり吸わせておけば、明日の孫のドカ弁にも入れられるし、わたしの昼食のそうめんにも添えられる。黄色と緑が涼しげできっと綺麗だ。

帰宅して夕食の膳についた孫息子は、大きく一口頬張ると
「これ、卵を何個使ったの？」と静かな声で言った。

「は、はい。十個使いました。……君は鋭いねえ！　卵を何個使ったかなんて、核心を突いてくるじゃないの」

その夜は気分もよくて体力にも余裕があったので、久しぶりにだし巻き卵をじっくり焼いた。冷蔵庫のなかには卵がまだ十五個も残っている。

孫息子のキャベツ

　三月の末、ミニバンに荷物を積めるだけ積み込んで、奈良から二十八歳の孫息子が戻ってきた。玄関の上がり框に足を乗せるより先に、「グランマの菜の花が食べたい！」と言った。

　この冬は種まきが遅れて失敗したのだが、切実な願いに応えて「菜の花のカラシ和え」をどうにか二回は食べさせることができた。

「奈良では、おもに何を食べてたの？」

「夜は毎日、〇〇家の牛丼」

　なるほど、野菜が食べたくなるのも当然かもしれない。さっさと菜の花を引き抜き、苦土石灰と堆肥を入れて夏野菜の準備にとりかかった。

　キュウリとナスやトマトの苗を、前庭のレンガで囲った細長い畑に植えた。

　彼も仕事が休みの日に鍬とシャベルで裏庭の空き地に畝を立てた。リーフレタスにブロッコリーと、黄色い可憐な花の苗をごちゃごちゃと畑に入れた。畝土にただ苗を置いただけみたいな植え方に驚いたが、余計な口出しはしないほうが良い。新たな仕事がはじまって職場に馴れるだけでも精一杯だろう。

むしろ野菜畑の片隅に花の苗を一株いれるところが、いかにも彼らしい。

ろまんちっく村の市場で、スマホ画面を指先で流しながら、

「ディオクレティアヌスが、『私のキャベツ畑を見せてあげたい』と友人に書き送ったんだってさ」と言って、彼はキャベツの苗を三本買った。

「え？　その人って、古代ローマが栄えたころの皇帝だっけ？」

高校のとき得意だった世界史も、六十年以上経ったいまでは霞の彼方で自信がない。

「そうだよ。東ローマ帝国に二十年間も君臨して、自分から引退すると田舎に住んでキャベツ作りに熱中したそうだよ」

スマホから目を離さずに言った。

「なんだか面白そうな話だねえ」

「うん。その後国が乱れて、『もう一度皇帝に返り咲いてくれ』と周囲からどんなに懇願されても、キャベツ作りが愉快だから、と断り続けた人なんだ」

　孫が買ってきた苗は、雑な植え方のせいで二本がすぐに枯れた。一度植え方をきちんと教えてやらねばと思うが、この時期仕事先で覚えなければならないことは山ほどあるだろう、とわたしは唇をひき結んでいた。

　一本だけ根づいた苗は順調に育った。

　これまで作ったことがないから、ふつうの苗がどんなふうにしてキャベツになるのか、秘かに「ディオちゃん」と名づけて毎日見守った。孫から聞いたローマ皇帝の話には何故かすごく惹きつけられてもいた。

　最初は、地面に寝そべっていた葉のうえに数枚の葉が円陣をつくるように立ちあがってくる。丸めた両の掌をゆるく結んだような葉がいつしかブカブカした玉になり、不思議に中身が充実して日に日に大きくなってくる。

とうとう店頭にならべても遜色ない緑の球体が、露をふくんで孫の畑に出現した。「そろそろ採ってもいいよ」

彼の許可も出たが、わたしは採りにゆく気になれない。

キャベツの結球ぶりをつぶさに観てきた感動で、「神、天に知ろしめす」というブラウニングの詩の一節が自然に胸に浮かんでくる。キャベツができあがる過程には、クリスチャンでなくても「神はこの世の隅々まで目配りしておられる」と感じさせる神秘が、確かにあった。

ディオクレティアヌスは、その在位中に史上最大のキリスト教弾圧をしたことでも知られている。

強い権力者の例にもれず宗教と対立して無辜の民を死に追いやったが、反面、己を省みることができる「やわらかい心」の持ち主でもあっただろうか。

残虐行為に手を染めてしまった「人」としての痛みは、拭ってもぬぐいきれず、胸の奥深くにしまい込んでもなお、硬い異物として日夜存在し続けただろうか。

統治者から一介の市民にもどって、キャベツを作り創造主を讃える自分こそ「素の自分」だと感じただろうか。

たった一個を見ただけなのに、遠い時代に政権の座から鮮やかに身を引いた皇帝の気持ちがわかったような気がした。

孫に代わってわたしが収穫してよいとは、どうしても思えなかった。休みになる日まで待って、「これであなたが採ってらっしゃい！」と、わが家で一番よく切れる包丁を手わたした。

孫息子のキャベツは、古代ローマから時空を越えて届いた手紙のように、一枚一枚丁寧に剥がして大切に食べた。

「尊い人生」の味がした。


（２０２２年第七十六回栃木県芸術祭「文芸賞」）

めおとぜんざい

夫婦旅

「夫婦旅」というものに参加したことがある。

旅行会社は、長年、苦楽を共にしてきた夫婦の「いたわり旅」とか「ご褒美旅」といったものを想定して企画しているにちがいない。

七草粥の前日までに、萩、津和野、安芸の宮島、秋吉洞を周る二泊三日の旅だった。そんな時期でもないと夫の休みが取れないので、二か月前からかたく約束して申し込みをした。

ところが旅行代金を振り込んだ直後にわたしが骨折した。つる薔薇の手入れ中に梯子から落ちて、左足の甲にくっきりとヒビが入った。松葉杖に頼る不自由な日々をくぐり抜けて、どうにか年明けの旅には杖無しで歩けるところまで漕ぎつけた。

新幹線を降りてバスに乗り込んだところで、この旅が、十八組の夫婦、総勢三十六人の旅行だと知った。

小柄だがひときわ美しい顔立ちの女性に、まず目を引かれた。おそらく六十代とおぼしきA子さん。

身に着けている物も、厚手の絹のコートで、襟元には狐の毛皮がフワフワと白く整った顔を飾っている。コートの裏には美しい模様の絹のキルティングのインナーが付いているはずだ。デパートの逸品会で何度も薦められたから知っているのだが、わたしのようなサラリーマンの女房が手を出せる代物ではない。

安芸の宮島の観光中に、少しだけ不思議なことがあった。

たまたま隣に立っていたA子さんがガイドの説明も聞かずジーッとわたしの足元を見つめていた。その頃、世に出始めた赤味の強い茶色の靴を履いていたが、あまりに長く見つめられて思わず足を引っ込めた。

大人は普通、良かれ悪しかれ他人が身につけている物をジーッと見つめたりはしない。チラ、チラ、と二度見するくらいが精一杯。現にわたしは彼女の美貌と贅沢なコートを一瞬で見きわめた。

微かな違和感が残った。

二日目、津和野観光のさなかに、突然、大声で怒鳴りだす男性がいた。

「いったいどうしてお前はいつもこうなんだ！」

旅仲間の注目が一点に集まった。体格も風貌も立派な老紳士に見える人だった。そのすぐ前にA子さんがいたので、この人が夫なのか、とそのときはじめて気がついた。夫の怒声で衆目を集めてしまって、一瞬切なそうに唇を歪めたが、次の瞬間には能面のような顔に戻って旅仲間のなかに紛れ込んだ。

とにかく夫から離れていることが、A子さんの対処法のように見えた。


B子さんはあらゆる生活の苦悩が顔じゅうに貼り付いている感じの人だった。毛玉がいっぱいついた長いカーディガンを掻き合わせていつも寒そうにしていた。当時、ダウンコートが主流のなかでそれはそれで目立った。夫は、痩せて陽に焼けた職人風の人だった。

夫婦差し向かいで最初の夕食の膳についたとき、わたしたちの隣だったので、B

氏の顔がよく見えた。夕食前の、部屋で二人きりになった短い時間にひと悶着でもあったのか、B氏はすさまじい怒りの表情で酒を煽っていた。

「文句ばっかり言いやがって。せっかく旅に連れて来てやったってえのに」

B氏のこころの声が聞こえたように感じたのは、わたしの勝手な憶測だろうか。


Cさん夫妻は、わたしたちのなかで一番若い夫婦だった。おそらく五十代になったかならないかというところ。バスのなかでも観光中でも、夫が何か言うと常に妻がそれに逆らう、を繰り返していた。夫を否定し揶揄するような物言いばかりが聞こえてくるのは、「罪滅ぼしの旅」だったからか。三日目には、ついに夫だけが最後尾の空席に移ってしまった。妻は、強がりかもしれないが、清々した様子にみえた。


もちろん、仲睦まじい夫婦だっていた。

Dさん夫妻とEさん夫妻。この二組には共通点があるように思えた。D氏はいかにも明るく柔和な感じで、E氏はいわゆる豪放磊落な感じ。両氏とも、物事の明るい面がよく目に入るタイプで、いつも上機嫌にみえた。楽観主義者でよく喋るので、D子さんは楽しそうに夫の話に耳を傾け、E子さんは「また始まった、お父さんの法螺話」と苦笑まじりで楽しんでいた。

Fさん夫妻も、「仲良し夫婦」のグループに入れて良いのかもしれない。

二日目の夕食のとき、いかにも病身で神経質そうな夫を、母親のように看護師のように世話を焼く妻がいた。その世話の仕方があまりに細やか過ぎて「少し気持ち悪い」とわたしには思えたのだが、F氏が満足の表情で嬉しそうだったから、これ以上何かを言うべきではないだろう。

それ以外の十一組の夫婦は、可も無く不可も無く会話も無くて、バスに隣り合って座っていた。

この夫婦旅が、わが国の中高年夫婦の実態を示す縮図のようにも思えた。

「よその夫婦のことばかりあげつらっているが、お前たち夫婦はいったいどうなんだ?」と問いただす声が聞こえてくる。

旅行の前に骨折したお蔭で、わたしは度々夫の腕を頼らなければならなかった。添乗員の目にも旅仲間の目にも「仲良し夫婦」と映ったかもしれない。

山荘仕舞い

信濃追分の山荘をたたむことにした。

中古物件を購入して以来十三年間、五月の連休と夏休みの八月を過ごした山荘だった。信州の清冽な自然と新鮮な野菜を全身で楽しんだ日々だった。

夫が運転する助手席で、窓を開け放って風を浴びながら、思わず歌に詠んだ。

ふるさとは信濃追分　八月のこの空この雲この山と風

「おい、おい。あなたのふるさとはここじゃないから。宇都宮だから」と、後部座席の娘たちからすかさず訂正が入ったけれど、五月と八月の信濃追分は好ましいものに満ちていた。

生後一年半を過ぎても歩こうとしなかった孫のサヤカが、はじめて五歩十歩と連続して歩いたのは、この山荘に初めて家族みんなが足を踏み入れたときだった。狭いマンション暮らしでは、歩行意欲も湧かなかったのか。それとも、わたしたち夫婦と長女の家族、次女の家族に見守られて、ギャラリーの多さに励まされたからだろうか。とにかく、母親の次女にとってはひとつの杞憂が解決した出来事だった。

翌日、娘婿の晧介は、ホームセンターで、工具一式を買ってきて、高床式ベランダの手すり下に金網を張り巡らした。

夫とわたしは、室内から作業の様子を眺めながら、「父の愛だねえ」と、肯き合った。二人の娘を育てる過程では、夫も同じように金網で石油ストーブの周囲を覆った日のことを思い出していた。


総勢八人の家族で山荘周辺の時間も楽しめるようにと同時購入した水色のワンボックスカーのなかでもさまざまなことがあった。

「サヤちゃん、あれが浅間山だよ。アサマヤマと言ってごらん」

「アサヤマヤ」

「ううん、違うよ。ア　サ　マ　ヤ　マ」

違いがわからず、何度か繰り返すうちに面倒になったらしく、

「ア　サ　ヤ　マ　ヤ！　わかった？　グランマ！」と、二歳児の決め打ちに、

「は、はい。わかりました」とわたし。

十歳ちかく年の離れた従兄のハヤトは、特にサヤカのお気に入りで、二人はいつも最後尾の席で互いに寄りかかりながらうつらうつらしていた。従姉のヒロミは、ハヤトとは一つ違いで「お兄ちゃん大好きな妹」だったから、サヤカに向ける視線は当然冷たくキツかった。

ドライブ中、山の端にビックリするような満月を発見したとき、路傍に車をとめて誰もが無言で月に見入った。あまりに大きな満月に接すると、人は祈りを捧げたくなるものだろうか？　そのとき三歳のサヤカは小さな手を合わせて、

「ヒロミお姉ちゃんと仲良しになれますように！」と声に出して祈った。

「あのう、ワタシ涙目なんですけど……」と、すかさずヒロミから抗議の声があがっ

た。大人たちは従姉妹それぞれの気持ちに共感しながら笑いをこらえた。

サヤカが小学生になると、八月の追分山荘は、夏休み宿題の合宿所と化した。自由研究、読書感想文、図画、工作、どれもこれも毎年、大人たちがみんなで頭をひねった。わたしは、小川の上を行ったり来たりするギンヤンマを補虫網でとらえて画題に提供した。トンボの絵は「入選した」と秋になって報告があった。

クヌギの木に集うカブトムシ、雨の夜網戸にはりついて光っていた蛍、杉の巨木を駆け上り駆け下りるリス、啼きながら妻を捜す雉の夫婦、夏には春よりもずっと唄が上手くなる鶯、夜明けから突ついて雨戸に穴をあけるキツツキ。

さまざまな生き物が、わたしたちのすぐそばに生息していた。

それらの生き物に一喜一憂する暮らしは十三年くり返されたが、夫はその八年目に他界した。

その後の軽井沢は急に寂しくなった。

今年の冬は、異常気象のせいか特に冷え込みが厳しかった。「軽井沢は氷点下十度を下まわる気温」と何度かテレビが報じていた。その度に不安を感じてはいたが、夏になって訪れてみると、案の定、水回りの不具合が尋常ではなかった。去年の夏の終わりにあれほど念入りに水抜きをしたにもかかわらず、風呂場の水道カラン、給湯器、二つある水洗トイレの一つ、洗濯機の注水口までが壊れていた。

特に、風呂場のカランは、水道を通した瞬間から水がほとばしり、全身びしょ濡れになって奮闘したものの、結局は水道業者を呼ぶことになった。激しく水が流れるなかを夜の九時まで五時間も待たされたすえに、シャワーヘッド付きカラン一式交換となった。

にもかかわらず、給湯器からしたたり落ちる水のせいで、どうしても浴槽に湯をはることはできなかった。給湯器を直す手配は翌日にまわして、その日は冷えきった身体のままで寝た。娘と孫たちが到着するまでの四日間を、そんな山荘でひとり過ごせたのは、ウォシュレットの一つを自力で生き返らせることができたからにほかならない。

「姫」と呼ばれて、我が家のアイドルだったサヤカは、今年中学二年生になった。

信濃追分での時間を毎年楽しく彩ってくれた彼女が、受験生になる来年もまた来てくれるとは考えにくい。高校生になればなおさらだろう。

「ここでの暮らし、そろそろ終わりにしようか」と娘たちに提案した翌日、不動産屋に電話を入れた。

広げ過ぎた人生をこんなふうにたたんでいくのを、風になった夫は見ていてくれるだろうか。

七年後の涙

　わたしはここ七年余り洗面台の上をきちんと大掃除しなかったらしい。

「らしい」というのは、他界して七年以上になる夫の整髪料やハンドケアの薬品などが台の奥の壁際からぞくぞく出てきたからだ。広めの洗面台とはいえ、夫が愛用していたものをすぐには処分できないでいるうちに、わたしの物が前に前にと並びはじめて、いつのまにかそこに在ることとさえ忘れたのだろう。

「すこし無精がひどすぎやしませんか?」

　呟きながら、自分の使い古した化粧やヘアケアの容器類を思い切りよくごみ袋に投げこんでいった。

　夫が毎日使っているポマードが「嫌な匂いだ」と気づいたのは五十代にさしかかろうかという頃で、今から三十年以上も昔になる。

実家の父が当たり前のように毎朝髪を整えていたものと同じ銘柄だったから、「男の人は皆それを使うのだ」と信じて結婚当初から疑うこともなかった。

銀行員の父は二週間に一度は必ず理髪店に行き、きっちり七・三に分けて当時の「紳士の身だしなみ」を体現しているような人だった。そうそう、「横の髪が伸びて耳に触るのが嫌だ」と呟くのを聞いた覚えがあるが、あれは父だったか、それとも夫の言葉だったろうか。

わたしのなかの男性像は父親がモデルだから、ヒマシ油のようなポマードの匂いに何の違和感があるはずもなく結婚生活の二十年ちかくが経とうとしていた。

ある日、営業で我が家を訪れる若い証券マンや自動車のセールスマンが帰ったあとの玄関に、微かに甘い整髪料の残り香があった。

「あれ？」

夫が出勤したあとの残り香とは明らかにちがっていた。

気がつけば、世のなかの男性たちの髪型も大きく変わろうとしていた。首を振ればサラサラと音が聴こえてきそうな清潔感のある髪型がテレビのなかでは大活躍していた。

街を歩いていてもすれちがう男性たちが微かに放つ素敵な香り。実家の父や夫のように額を全部出して堅い油でカッチリ固めた髪型は珍しくなろうとしていた時代だった。

とはいえ、その人のアイデンティティーにかかわることだから「変えてほしい」などと、簡単には言えない。シャンプーもドライヤーも櫛の入れ方も長い時間をかけて習慣化して、社会のなかで本人がつくりあげてきたものだから、妻のわたしが口を挟める領分ではない。

でも、匂いだけはなんとかしたい。そのスタイルを保ちながらもっと良い香りの整髪料は世の中にきっと有るはず。大学教員の端くれだけど、老若男女と対面で話すカウンセラーなら、わが家を訪れる営業マンと同じに一種の「客商売」だろう。

思いきって、言ってみた。

「いつもあなたが使っているポマードの匂いが嫌なの」

家のなかにシトラス系の爽やかな香りがフワッと漂いはじめたのは、それから数週間の後のこと。髪型もツヤも以前と変わらなかったから、気に入るものと出会うまで探すのには、相当苦労したのかもしれない。

洗面台の奥に七年以上も忘れられていた夫の整髪料は、蓋をとって顔を近づけると懐かしくも良い匂いがした。鼻の奥がジワッと熱くなってきて、大きな鏡のなかに泣き顔のわたしが映っていた。

夫からの卒業が一歩ゆるやかに進んで、寂しいけれど温かい涙だった。

八百屋の店先で

日々の食材の調達は、娘が送ってくれた白いリュックを背負って、戦時中の買い出しスタイルで歩く。

ウォーキングのためのウオーキングは苦手なので、何かしら目的をもって歩きたい。買い物を兼ねて歩くのが、ここ数年来の習慣になっていた。交通事故に遭わないようにと、目立つ白いリュックは娘からの応援歌だった。

膝が痛い。とうとう来たかな、変形性ひざ関節症。

医師は、膝痛の老人には、「まず体重を落としなさい」と言うらしいが、わたしにはこれ以上落とせる体重はない。リュックで背負った大根やキャベツが膝の負担になっているのかもしれない。お米や水を買うときはさすがに自動車で行くが、野菜や肉、魚までダメとなると、わたしの歩くチャンスはどうなる？

年をとると冷房の効きすぎに気付かないことがある。まして眠っている間の冷房はなおさらのこと。身体の表面の痛みは全て「冷え」からきている、というのがわたしの経験から導き出した持論。少しでも痛みを感じたら、低温火傷にならない工夫をしてカイロを当てて寝る。翌朝には、嘘のように痛みが消えているから、医者には行くまでもなくこんな調子で暮らしてきた。

でも、今回は少し様子が違うようだ。夏だというのに膝の裏にカイロを貼って過ごしたのは二日二晩。痛みはすこし薄らいだが、リュックを背負って歩けば膝の重だるさは変わらない。つぎに膝小僧のお皿の部分にカイロを貼って一晩過ごした。だいぶ良い。

これで治ればいいのだけれど、いずれは、乳母車みたいな車輪が付いた買い物籠を杖替わりに押して歩くのだろうか。どうにも受け入れがたい気分になった。

そうなったら、玄関前にスロープも付けなければならないし、家のなかにはエレベーターの設置も必要になる。どちらも織り込み済みで建てた家だから、空間の確保はあるものの、やはりずっしりと気が重い。こころが声をあげて泣き出しそうだ。

「抗ってみたところで、老いの階段は独りで降りていくしかない」

聞き分けの悪い自分に言い聞かせた。

小さな八百屋の店先でお婆さん二人が話をしている。

どちらも耳が遠いからその声は大きくて、道のこちら側を歩くわたしの耳にも話の中身が聞こえてくる。

「早いもんで、もう十年ちかくになりますよ」

「へーえ、もう十年ですか。早いもんですねえ」

これだけでは何の話かわからない。だが次の言葉で、わたしの耳とこころがピクリと動いた。

「生きてると長いけど、死んじゃうと短いんですよ」

「そうですよね。生きてると長いけど死んじゃうとあっという間」

なんだか謎解きめいた話だなあ、と思いながら白いリュックを背にいつもの道を歩き続けた。

夫を見送ったあとは、二人分の仕事を一人でこなしながら、長い道のりをなんとか必死で歩いてきた。はじめの頃は一日一日が、自分の身体とこころに挑む闘いだった。

悲しみや自責の念に苛まれもしたが、時間とともに強い感情は薄れて、いつのまにか懐かしい気持ちだけが残った。夫と過ごした思い出が、ときどき現在の暮らしのなかに懐かしさやおかしみを伴って忍び込む。

気づけば、夫のいない十年あまりの歳月はあっという間に過ぎ去った。

ひとり残されて生きるとはそういうことだ。生きていくのは長いけど、亡くなった人についての記憶の風化は思いのほかに速い。

そういえば、あの八百屋のおかみさんは、ずいぶん前に夫が亡くなった後は、早朝に市場までリヤカーを引いて野菜や果物を仕入れ、細々と八百屋を続けて来た。

前を通ると、店につながる居間の炬燵に突っ伏している姿をよく見かけた気がする。あれは疲れ果ててうたた寝していたのか、それとも泣いていたのだろうか。

夫と営んでいたときより明らかに品数や量は減ったが、それでも小さな八百屋として街の片隅にきっちり存在し続けてきた。

二人のお婆さんは、ともに夫を見送った仲間なのだろう。

疼く膝を労りながら、道のこちら側を黙って歩くわたしも同じ仲間だった。

パトカーを従えて

　松本サリン事件から始まった得体の知れないオウム真理教団の恐怖におびえていた頃だった。

「わが家も家族分のガスマスクを用意すべきだろうか？」

　真顔で長女に相談したら、「馬鹿なことを言うもんじゃないよ。かえって疑われて、警察にマークされるんだよ」と鼻で笑われた。

　娘のひと言でガスマスクを買うまでには至らなかったが、オウムの事件がわが家にまったく影を落とさなかったかといえば、そうではない。

　当時、長女の家族はつくば市に住んでいて、次女もつくばの会社で働いていた。週に一度は片道二時間余りを車で走って娘や孫たちに会いに通っていた五十代の半ばは、するべきこともあまり見つからなかったわたしの人生の閑散期だった。

　通勤に使う夫には新車を買い入れることがあっても、わたしには中古のシャンパン色の「サニー」が十年以上もの間大切な愛車だった。トロトロした運転は嫌いで、高速道路では走行車線よりも追い越し車線の方に馴染みが良く、決して車を甘やかしたりはしなかった。

「このひと、ベンツもＢＭＷも怖くないんだよ」

娘たちにはよく笑われたが、ベンツやＢＭＷにいじけてしまうほうが不思議。確かに一般道路の交差点でベンツと並んだときの発進時の滑らかさ、速やかさは較べようもないが、そのまま一キロも走っていれば、「♪やがて追い越すことになる～」と、わたしは車という密室のなかで勝手に鼻歌を唄っていた。隣車線を走るベンツが気づいて「サニー如きに負けてられるか！」とスピードをあげても、わたしはベンツに闘いを挑んでいるわけではない。ただ、自分の走りをしているだけなので、そのまま一キロも走っていれば、やっぱりやがて追い越すことになる。

つくば学園都市の東大通《ひがし》りは、そんな道路だった。

車体にすこし傷をつけることはあっても、人身事故などは一度も起こしたことはない。それなのに、やたらと持ち点を失う時期があった。たちまち六点が底をついて免停になったときには、さすがに憮然とした。

きまって夜の十時過ぎ、つくばから自宅へ向かう国道二九四号線をまっしぐらに北上し、四〇八号線に乗り換えた辺りで、後ろから追いかけてきたパトカーに呼び止められ、何度もスピード違反を問われていた。

娘たちは、背後に迫るパトカーに気づきそうなものだと笑うが、「すでに夫は仕事を終えて帰宅しているだろう」とこころはひたすら暗い夜道を前進あるのみ。バックミラーに視線を送ることさえ思いつかなかった。だいたい、パトカーといっても、あの回転する赤色灯は点けずに追いかけてきて、呼び止めると同時に点灯するのだから質が悪い。

とはいえ、人通りも車通りも途絶えた夜更けに、真岡市はずれの国道を疾走する自動車は、オウム真理教信者の潜伏先を血眼で探す警察には「怪しい」と映ってもしかたがなかったのかもしれない。

自宅での家事をかたづけてから出発し、つくば市内の店で遅めのランチを長女や孫たちと食べて、午後は近くの公園で孫たちと遊び、夕方、次女の仕事終わりを待って外で夕食、そのあと次女の部屋に移って色々な話をする。気がかりなことをすべて話し終えて、帰途につくのはどうしても夜九時を回った頃。十一時過ぎに我が家に辿りつければ早い方だった。

そんなわたしの行動様式そのものが、ガスマスク以上に石橋警察署の警戒の的になっているとは、思いもよらなかった。

あの夜も、真岡市近郊の辺りで、突然現れた警察に呼び止められた。悪いことに、その日はいつも持ち歩くバッグを取りかえたか何かで、免許証を携帯していなかった。〈まずい。これも減点の対象になる〉と内心焦っていたが、意外にも警察官の口調は丁寧だった。

「では、免許証はどこにあるんですか?」

「もちろん、自宅の、いつも免許証をいれておくバッグのなかにあります」

「じゃあ、ご自宅まで案内してください」

警察官は、信者のアジト発見のチャンスと思ったのかもしれない。そんなことには気づきもしないわたしは、〈ああ、よかった、これで無免許じゃないことが証明できる〉と内心ホッとしていた。

「それではここから一時間近くかかりますけど、後をついてきてください」

真夜中近くにパトカーを従えて帰宅した妻に、夫はさぞ驚いたことだろう。わたしが自宅の前で車を止めた途端に、警察官もお得意の赤色灯を派手に回転させ始めた。すでにパジャマに着替えて寝支度をしていた夫は、外の気配に「何事か！」と飛び出してきた。

「免許証を忘れてつくばに行っちゃった」

家に飛び込みながらの簡単な説明で、一切を理解したにちがいない。免許証を手に玄関先に戻ってみると、夫は身体を二つに折り曲げてしきりに警察官に謝っていた。

最期の贈り物

栃木県内の主な公立高校では「男女別学」が百年の昔から変わっていない。それゆえに宇都宮高校と宇都宮女子高校は、互いに思春期の憧れに包まれていた。部活をとおして生徒同士が接近を試みる例は数多くあった。両校合同での「文芸部読書会」もその一つだった。

入学してはじめて参加したのは、伊藤佐千夫の「野菊の墓」の会だった。対面に机を並べてそれぞれが感想を述べつくした後で、三年生と思われる青年が言った。

「『民さんの野菊』に倣って、ここにいる皆さんを花に喩えたら何の花でしょうね?」

宇女高文芸部が一瞬ざわめいたが、どこか甘やかな座興の一つにはちがいなかった。

ガーベラや向日葵や百合の花に喩えられた先輩や同級生もいたが、わたしは水仙だった。それ以来、厳しい冬を乗りこえて早春に咲く水仙の花が好きになった。

このことは、おなじ男子校出身で理系大学に進んだ人と結婚してから、寝物語にも話したと思う。

「高校のとき水仙の花に喩えられて、華やかさは無いけど好きになったの」と。


それからおよそ半世紀あまり。

百坪の裏庭の雑草にわたしは手を焼いていた。必死で草むしりをしても除草剤を蒔いても、二か月と待たずに青々と芽吹き、ワサワサと伸び広がる草の勢いにいつも負け続けていた。この辺りでは雑草のために人を雇う習慣も無かった。草のことが気がかりで眠りまで浅くなる夜を幾夜も過ごしていた。

その頃、行政から派遣された男の人が、腰に固定した棒の先で歯車が回る機械を軽々と操って、土手や公園の草を刈る姿をよく目にしていた。

わが家にあれが一台あれば、もう草に悩まなくて済むのではなかろうか？　決して安い買い物ではなかったが、ついに心を決めて除草機を買い入れた。

店の人には、「振動が激しいから、見かけほど楽な機械じゃないですよ」と念を押された。「十分間動かしたら五分間は休憩を取ってくださいね」と使い方の注意も受けた。

日曜日、夫と二人、買ったばかりの除草機を使って庭の草刈りをした。店で教えられたとおりに「十分やっては五分休む」のルールは、固く守ったし守らせもした。長く伸びた草が歯車に巻き付くので、思ったほどには捗らなかった。二人で一日頑張っても庭の半分も進まなかった。

月曜日、夫は東京にある大学で講義。

火曜日、夫は在宅で、わたしには自分の仕事があった。夕方帰宅して車を停めたら、裏庭に除草機のうなり音が響いていた。肝が冷える思いで「しまった！」と呟いた。「わたしの留守中に独りで草刈りなんかしないでね」と言わずに出かけたことを悔いたのだ。

夫のことだからわたしを喜ばせるために大奮闘したにちがいない。果たして「十分・五分のルール」は守ってくれただろうか？

水曜日、夫は講義と教授会のため上京。後に、隣の奥さんは「バスを待つ先生の姿がいかにも辛そうだった」と教えてくれた。

木曜日、わたしには不動産管理のことで人に会う大事な約束があった。夫はわたしが運転する車に同乗してついて来てくれた。彼の名義だから当然といえば言えたが、どこまでも責任感の強い人だった。

午後は二人でジムに行く予定だったが、さすがに気怠そうでベッドに横になった。「君は行ってきたら？」の言葉に、鈍感なわたしは独り出かけて行った。運動から帰って来た時、夫はベッドの上で息をしていなかった。

死亡診断書には「急性心不全」と。

空気が水晶のように透明な十月のことだった。

それからの怒涛のような日々と後悔。

何から何まで手を取り合って一緒に切り抜けてきたのに、最期の最後に夫をひとりで逝かせてしまったわたし。除草機さえ買わなかったら、彼の優しさと我慢強さに甘えなかったら、人生の違った道筋があっただろう。

自責の涙は止まらなかった。

一方で、煩雑な儀礼や相続や年金や税金の事務作業を黙々と進めた。それらの仕事は新年を跨いでも終わらなかった。肩と目が疲れて立ち上がり何気なく見下ろした窓の外。二月の枯草のなかに青くそよぐ叢があった。白い蕾も幾つか付いているようだった。

たしか去年までそこには無かった草花。

裸足で庭に飛び出すと、地面に膝まずいて水仙の一叢を抱えるように顔をよせた。

「勇気を出してこれからは好きに生きなよ」

夫の声が聞こえて、開きかけた白い花が優しく揺れた。

わたしにはない――愛する娘たちへ――

作家、曽野綾子の数多い著作のなかには「誰でも死ぬという任務がある」というタイトルの本があったと記憶する。

この世に生を受けた以上、いつかはその日を迎えるのだから、八十歳を過ぎたら誰であろうと一人ひとりが考えておかねばならないことだろう。

この「任務」は、自分の人生の最終段階をどう生きるか、と言い換えることもできる。

そう、生から死へと移行する局面をどう過ごすかという最も重要な課題。よい死に方は良い生き方に繋がるそうだから、いまを幸せに生きるためにも、元気なうちにしっかりと考えておきたいテーマだ。

なんてったって自分自身の人生だから。

とはいえ、わたしは医師ではないし、ましてや看取りの経験もない「極楽とんぼ」

の半生だから、死に直面した自分の姿をイメージするのは難しい。いまのわたしにはあまりに眩しすぎて見えているのに視力を失ってしまったひとのようだ。

それでも、その時はかならず来る。


あらゆる治療法が尽き果てて、もう回復が望めないという段階に至ったとき、いたずらに死期を遅らせるだけの延命治療を決して望まない。残された命の灯が自然に燃え尽きて逝くのが、最大の望み。

いまの日本の「医療の常識」にお任せしてしまうのを怖れているから、自分の人生の終末期を医師や娘たちの判断にたやすく委ねてしまうつもりは、わたしにはない。

回復の見込みがないのなら、胃に直接栄養をおくる胃瘻や気管支切開による人工呼吸器の装着、心肺蘇生にくわえて昇圧剤や強心剤の使用など、不自然なことはいっさい控えてほしい。

そんなことまでして、死を先延ばしするだけの、人工的な延命装置を受け入れるつもりは、わたしにはない。

こころやさしい浦和の二女は、「まだもう少しこの世にとどめておいて！」「少しでも長らえさせて！」と涙ながらに主治医に訴えるかもしれない。医師の長女は全てをキリリと冷静に見極めながらも、どこかで小さく揺れるかもしれない。

たぶん、それが家族というもの。だからこそ覚えておいてほしい。

一世紀も前、「死の瞬間」という著書のなかでキューブラ・ロスは述べている。死に瀕した患者が「不自然な望みを抱くことは絶対にないのです」と。

その前の段階で、治る希望が少しでもあるならどんな治療法もすすんで受ける。決して、早々と白旗を上げるつもりは、わたしにはない。

先進医療でも神の手をもつ医師の手術でも感謝して受け入れよう。医療技術は日進月歩と言われているから、現代医学のめざましい進歩をこの身に体感してしみじみと実感したいと願っている。そのための医療保険は六十歳になる以前から充分に備えてきた。

現代医学の恩恵を受けて救われる命なら、わたしを取り巻くすべての人々に感謝してあらゆるものを愛でながら余生をおくろう。子や孫を慈しみ、ときどき墓参りして楡木家の現状を夫に報告し、折々には随筆を書こう。

それでも老化の波が抗いようもなくおし寄せてなにかの病というかたちでわたしに迫ってくるなら、旅立ちの日はそう遠くないと思われる。

なにより大切なのは余命の見極めだけれど、悲しいかな、医学の知識がないので、自分の病状を正しく把握するのは困難かもしれない。

医療者や介護者との信頼関係を築いて、これから予想される経過を正しく教えてもらわねばならない。なによりも、痛み、苦しみ、不快感は取り除いてもらわなければならない。そのために医療用麻薬を使わねばならないとしても、終末期には緩和ケアがきっと必要になるだろう。痛みには人一倍弱いわたしだから。

介護者には心労と苦労をかけるけれど、清潔は保ってほしい。

食事は食べられる分だけ自分で口に運びたい。できるかぎり排泄も自分でしたい。落ち着いた静かな環境で親しいひとたちに見守られて、大切なひとに伝え残しがないように過ごしたい。

こうみえて、宮沢賢治の「注文の多い料理店」並みの厄介な患者かもしれない。その点は本当に申し訳ないと思うけれど、すべては自己責任において自分で決めたことだから、望みを叶えてくれた医療従事者と家族に捧げる感謝の花束を胸いっぱいに抱えて、わたしは最期の川をわたる。

（日本尊厳死協会　会員）

めおとぜんざい

俳句をたしなむ友人は、手紙の末尾にいつも近作を二、三句書き添えてくれる。俳句は難しくて自分では詠めもしないのに、「いまひとつだね！」と、読み流すことが多かった。でも友の次の俳句に出会ったときには思わず嬉しくなって手を叩いた。

寡婦やよし　春の眠りを解かぬまま

まさにその気持ち百二十パーセントよくわかる！　共感しきりだった。寡婦は、寂しかろうが悲しかろうが心細かろうが、夫の生活時間に煩わされずに朝寝坊が楽しめる。「寡婦やよし」なんてあまりに率直すぎて、もしかしてこれ川柳じゃないよね？　いやいや「春の眠りを解かぬまま」となにやら格調高そうだからまちがいなく俳句。

あなたは凄い！　これはあなたの最高傑作です、と返信にも力が入った。

書くのにはすこし勇気が要るのだが、わたしは大の朝寝坊。

子どものころから、起こされて身体は縦になっても、意識は横のままでおよそ十五分間はまどろみのなかにいた。頭のなかから少しずつ霧が晴れて、朝の躰になっていくその時間が貴重だった。

寝起きが悪いので、父には「惰眠をむさぼってはいけない！」とよく叱られた。学校さえ無かったら、そのまま寝床に逆戻りしかねないほど目覚めが悪い子どもだった。

大人になった今もその性《さが》は変わっていない。

それでも結婚して人並に子供を育てている間は、家族に対する責任感からなんとか取り繕えるくらいには起きていた。

夫のほうはといえば、どんなに早く起きなければならない場合でも「目覚まし時計が要らない」というひとだった。「起きたい時間にはちゃんと起きられる」と豪語していたし、またそのとおりに行動してもいた。

夫は高血圧で、わたしは低血圧だったから、「世の中は、高血圧の人の頑張りで回っているのだ」と長いこと信じてきた。歴史に名を残すような偉い人は、みな刻苦精励、粉骨砕身、寝る間も惜しんで努力ができる人、と相場が決まっている。まさに血圧高めの夫と同じタイプだと思ってきた。

遅くまで働いて、夜も勉強したり勉強を教えたり、土日も家族のために家具の配置を工夫したり、彼なりの食洗器を手作りしてみたり、とのんびり休むことが無いひとだった。


思い出すのは、我が家に迷い込んだ雑種犬「クロ」のために、犬小屋を作り始めたときのこと。

その頃も、週日は夜遅くまで働き、土曜日はサッカー部の顧問として学生と共に対戦校に赴き、日曜日もボーイスカウトのリーダーとして奉仕する日々。

毎日、過密スケジュールをニコニコとこなしていた。助手として必ず手伝わされたけれど、わずかな隙間時間を見つけて犬小屋まで作ろうとする夫は、わたしから見ればスーパーマンのようだった。

そんな彼をねぎらうために、声をかけた。

「ねえ、なか休みのお茶にしましょ。コーヒーがいい？　それとも紅茶がいい？　ココアもあるけど」

「なんでもいいから、黙って出してくれ！」

滅多に怒ったりしないひとが、その時ばかりは憤然とした大声だった。

彼には、コーヒーも紅茶もココアもみな同じ水分補給の意味しかなく、それぞれを頭に思い浮かべること自体が「とても苦痛だった」と、後で話し合ってみてわかった。

それからは、わたし自身が飲みたいものを勝手につくって一緒に飲むことにしたのは、果して正解だったのか？

たった七十四歳でわたしの元から去ってしまった夫のことを思うといつも胸が痛

い。

我が国の男性の平均寿命より七年も早く逝ったのは、わたしに原因があったのではないかと胸の奥をチクチク刺すものがあって、十三回忌も近いというのにまだ消えそうもない。

いつでも「起きたい時間に起きられる」なんて言っていたけど、裏を返せば「一晩じゅう、熟睡していない」という意味ではなかったのか。

そういえば、「夫をよく眠らせた女が、人生の勝者になるんだよ」というのが、母の教えだった。母自身は夜遅くまで愚痴をならべ立てていつも父を困らせていたから、せっかくの教えも若い耳は通過したけどこころにまでは届かなかった。

だが、母が言った「人生の勝者」とは一体どんな夫婦のことだろう？　と今、周囲を見わたして目をこらす。お互いをいたわるように手をつないで街なかをゆっくり歩む老夫婦の姿に、わたしは母の言葉のそれを見る。

あんなふうになりたかった。あんなふうにはなれなかった。

だいたい「起きたい時間には起きられる」という夫の言葉に、わたしがかつて本気で向き会ったことがあっただろうか。

夫の優しさや我慢強さを妻として過信したにちがいない。そんなことを考えていると涙が滲んでくる。

もっとも、「あんまり自分を責め過ぎちゃいけないよ」と耳元でささやく声もあるにはある。

「お前さんだって、サッカー部の顧問として試合のある日は、学生たちの分までおむすびと鶏のから揚げを山盛り作って、幼い二人の子どもを連れて、よく応援に行ったじゃないの。黄八丈のキモノなんか着ちゃってさ」

あとがき

嫗《おうな》、八十路前後の等身大。つたない文章を最後までお読みいただきありがとうございます。

二〇十七年に、小島延介先生が主宰する「文芸そぞろあるきの会」で、随筆を学びはじめて七年目に入りました。

書き始めてみると随筆は意外に難しくて、先生や仲間たちの指摘に頭を抱える日々が続きました。書き上がると、まっさきに娘たちや姉にも読んでもらい、感想を貰いながらの試行錯誤を重ねました。

学び始めた年の終わりに書いた「重いスーツケース」が栃木県芸術祭の随筆部門で「準文芸賞」をいただくことになり、気の早い姉や娘からは、「本を出しなさい」とすすめられました。彼女たちにとってはよく知っている身近なことが書かれているので、「身びいき」が評価を押し上げたのでしょう。

「まだ、まだ！」とわたしは笑っていました。

四年目に書いた「麗子の肩かけ」と五年目の「孫息子のキャベツ」が連続して「文芸賞」をいただくことになったとき、ようやく「上梓してみようかな」と思い始めました。

審査員の先生方からは、やさしい笑顔で「来年の受賞は無いからね」と引導をわたされておりました。

これからも随筆を書き続ける情熱を保つには「上梓によるしかない」と思い、それまでに書いた五十編余りのなかから、三十二編を選び出し、「麗子の肩かけ」と題して随筆集を出すことにしました。

随筆の師である小島先生に「まえがき」をお願いしたところ、こころよくお引き受けくださいました。初夏の頃でした。毎年、随筆部門の審査で夏はお忙しい身でおられるので「けっして急ぎませんから」と申し添えると、「こんな状態なので頼まれたことは急ぐことにしています」とお応えになりました。なんと応じたら良いのか、わたしは口ごもっておりました。

そして晩秋の十一月十三日、宇都宮に初霜が降りた日、先生は九日に逝かれた奥様を追いかけるように旅立たれました。


表紙の水仙の絵は、卒寿をむかえた画家の姉、酒井文子が描いてくれました。

「文芸そぞろあるきの会」に手引きしてくださった吉村壽子さんと仲間の皆さまに、そして娘の恵実子と満実子、孫の賢人と満絢にも、たえず優しく励ます感想を貰っていたことを書き添えて、感謝の気持ちといたします。

東洋出版の鈴木浩子さんにも根気づよく親切なお世話をいただきました。

周囲のみなさまのあたたかいご好意と励ましがあったからこそ、できた本だなあ、と掌に載せてしみじみ嬉しく眺めております。

二〇二四年四月

楡木　佳子

［著者］楡木 佳子（にれぎけいこ）

1940年　栃木県に生まれる。
青山学院大学英米文学科卒業。
子育て終了後、立正大学大学院で博士号（心理学）取得。
2015年、長年の保護司活動により藍綬褒章を受ける。

随筆集《ずいひつしゅう》　麗子《れいこ》の肩《かた》かけ

発行日　2024年5月15日　第1刷発行

著者　楡木《にれぎ》 佳子《けいこ》

発行者　田辺修三
発行所　東洋出版株式会社
〒112-0014　東京都文京区関口1-23-6
電話　03-5261-1004（代）
振替　00110-2-175030
http://www.toyo-shuppan.com/

印刷・製本　日本ハイコム株式会社

ISBN 978-4-8096-8702-0
定価はカバーに表示してあります

ISO14001 取得工場で印刷しました